Oliver Buslau

In dulci mordio
24 neue musikalische Rätselkrimis
Ein Adventskalender

Illustrationen:
Seite 4: © KsanaGraphica/Shutterstock
Dr. Stradivari: Ulrike Vetter, Leipzig, unter Verwendung von © Siri Anamwong/Shutterstock (Detektiv) und © ultramansk/Shutterstock (Geigenkasten)
Violinen (S.74–79): © Salome/Fotolia

Bibliografische Information der Deutschen Nationalbibliothek
Die Deutsche Nationalbibliothek verzeichnet diese Publikation in der Deutschen Nationalbibliografie; detaillierte bibliografische Daten sind im Internet unter http://dnb.d-nb.de abrufbar.

ISBN 978-3-7462-5943-7

Umschlaggestaltung: Ulrike Vetter, Leipzig
Umschlagabbildung: © stock.adobe.com/Panithan (Klavier, Hände), © Nikhom Tree Vector/Shutterstock
Gesamtherstellung: Kontext, Dresden (A)

Oliver Buslau

In dulci mordio

24 neue musikalische Rätselkrimis

Ein Adventskalender

benno

Die andere Seite der Adventszeit

Wie verbringen Sie die Adventstage? Mit Plätzchenbacken, Geschenkeaussuchen, einem Bummel über einen Weihnachtsmarkt? Das sind sicher schöne Dinge, aber für mich steht der Dezember ganz und gar im Zeichen der Musik – mit Bachs „Weihnachtsoratorium" und anderer festlicher Barockmusik, mit Werken wie Tschaikowskys „Nussknacker" oder Konzerten mit den vielen wunderbaren Liedern, in denen die Weihnachtszeit besungen wird.

Seltsamerweise verbinden sich bei mir diese Musikerlebnisse oft mit einer ganz anderen Welt, an die man in diesen Wochen der Festlichkeit gar nicht denkt: die Welt der Kriminalität, die Welt von Diebstahl und Betrug, von Entführung und – ja, so weit geht es auch – Mord und Totschlag.

Mein Name ist Stradivari. Doktor Stradivari. Musikexperte und Berater der Kriminalpolizei. Mein alter Freund, Hauptkommissar Reuter von der Kripo, hat mich zu seinem Helfer auserkoren und zieht mich zu seinen Fällen hinzu, wenn die Lösung an einer musikalischen Frage hängt.

Das wundert Sie? Sie würden gerne mehr darüber erfahren? Die folgenden vierundzwanzig Geschichten erzählen davon. Sie selbst können Ihr Musikwissen dabei auf die Probe stellen. Sollte es Ihnen nicht gelingen, auf die Lösung zu kommen, finden Sie im hinteren Teil des Buches die Aufklärung. Vielleicht lernen Sie dabei ja neue Seiten der Musik kennen und bekommen Lust, selbst ins Konzert zu gehen oder das eine oder andere Werk wieder einmal zu hören.

Es würde mich freuen.

Ihr Dr. Stradivari

1

Der Schuss in der „Weihnachtssinfonie“

Maestro Bruno Leonardi kam auf das Podium und begrüßte den Konzertmeister. Vor dem Podest verbeugte er sich unter dem aufbrandenen Applaus und wandte sich dem Orchester zu. Innerhalb weniger Sekunden wurde es still im Saal. Man konnte die Spannung fast körperlich spüren. Als der Dirigent die Arme hob, um den ersten Einsatz zu geben, schloss Doktor Stradivari die Augen. Er wollte die Musik ohne jede Ablenkung auf sich wirken lassen. Das Werk, das nun erklingen sollte, war etwas ganz Besonderes. Es begann sehr langsam mit düsteren Motiven in den tiefen Streichern. Dahinter wummerte fast unhörbar wie ein fernes Raunen ein Paukentremolo. Zu den Streichern trat ein Bläserakkord – finster gefärbt wie eine Mahnung. Immer bewegter wurden die Streicherbässe, als wollten sie sich aus einem engen Gefängnis befreien.

Doktor Stradivari störte ein Rascheln, das sich in die Musik mischte. Unwillkürlich öffnete er die Augen. Das Geräusch war entstanden, weil der Dirigent die erste Seite der riesigen Partitur umgeblättert hatte.

Nur einen Bruchteil später peitschte ein Schuss durch den Saal. Der Doktor sah, wie Leonardi zusammenbrach. Sofort hörten die Orchestermusiker auf zu spielen. Schreie ertönten – und dann brach Panik aus ...

Später saß der Doktor bei Hauptkommissar Reuter, der den Fall übernommen hatte, im Büro. „Ich weiß, Sie haben

nichts gesehen", sagte der Beamte, „aber ich bin sicher, Sie können uns auch diesmal helfen, den Fall zu klären."
„Ich wüsste nicht, wie", gab der Doktor zurück.
Reuter runzelte die Stirn und versuchte von einem Programmheft, das er in der Hand hielt, den Namen des Komponisten abzulesen, dessen Werk Leonardi nur bis zur zweiten Partiturseite dirigiert hatte.
„Krzysztof Penderecki", sagte er. „Wer ist das?"
„Sie haben es fast richtig ausgesprochen", lobte ihn der Doktor mit einem Lächeln. „Er ist einer der bedeutendsten Komponisten des 20. Jahrhunderts. Das Werk von heute Abend war seine zweite Sinfonie."
„Hier steht es. Man nennt sie auch ‚Weihnachtssinfonie'. Das passt ja zur Adventszeit."
„Der Name kommt daher, weil einige Male darin das Lied ‚Stille Nacht' anklingt. Zum ersten Mal auf Seite fünf der Partitur in einem Klarinettensolo. Ansonsten ist die Sinfonie aber ein sehr modernes Werk. Sie wurde im Jahre 1980 vollendet."
„Wie dem auch sei", sagte der Kommissar. „Wir haben einige Erkenntnisse. Der Mörder muss sich neben der Bühne aufgehalten haben. Er ist nach der Tat unerkannt durch den Hinterausgang geflohen. Er hat eine Pistole benutzt. Leider haben wir sie bis jetzt nicht finden können."
„Das klingt aber nicht Erfolg versprechend."
„Warten Sie ab. Leonardi hatte Beziehungen zu zwei verheirateten Frauen. Wir glauben, dass es einer von den beiden Ehemännern war. Beide haben den Maestro schon einmal bedroht, und es kam sogar zu Handgreiflichkeiten. Gestern bekam er eine anonyme Mail, die über einen südamerikanischen Server ging und die wir deswegen nicht zurückverfolgen können. Darin steht sinngemäß, dass er an der sogenannten ‚Weihnachtsliedstelle' sterben würde.

Leonardi hat die Drohung wohl nicht ernst genommen. Das wurde ihm zum Verhängnis."

„Ich verstehe", meinte Stradivari. „Das ist interessant."

„Allerdings", sagte Reuter. „Der Mord geschah ja auch in der ‚Weihnachtssinfonie'. Wie Sie ja wissen, erklang sie im zweiten Teil nach der Pause." Wieder nahm er das Programm zur Hand. „Vorher gab es die ‚Egmont-Ouvertüre' von Beethoven. Dann das Violinkonzert von Johannes Brahms." Er sah den Doktor an. „Diese Werke kenne sogar ich. Das von ..." Wieder musste er auf das Heftchen schauen. „Penderecki ... Das ist mir noch neu."

„Sie glauben also, dass ein Eifersuchtsdrama dahintersteckt", sagte der Doktor. „Aber welcher der beiden Verdächtigen war es nun?"

„Da habe ich eine Theorie. Die Männer heißen Rolf Peters und Siegfried Rheintaler. Peters hat immer wieder Ärger mit seiner Frau, weil sie klassische Konzerte liebt, er aber mit dieser Musik gar nichts anfangen kann. Rheintaler dagegen ist selbst Dirigent, er war sogar Leonardis Schüler. Peters hat keine Ahnung von Musik, kann nicht mal Noten lesen. Rheintaler dagegen ist ein Fachmann. Er muss also der Mörder sein. Und wahrscheinlich hat er auch die Mail geschickt."

Stradivari hob die Augenbrauen. „Was die Mail betrifft, kann ich nichts sagen. Aber ich denke, Sie haben unrecht. Sie sollten Peters überprüfen. Nach dem, was Sie mir berichtet haben, kommt er als Hauptverdächtiger eher in Frage."

Warum glaubt Doktor Stradivari das?

2

Der gestohlene Kaiserbass

Doktor Stradivari trat auf die Straße hinaus. Ein ziviler Wagen näherte sich. Am Steuer saß Hauptkommissar Reuter, der den Doktor kurz zuvor angerufen hatte.

„Danke, dass Sie es einrichten konnten“, sagte der Beamte, nachdem der Doktor eingestiegen war. „Sie wissen, ich bin immer sehr froh über Ihre Hilfe.“

„Und ich freue mich, dass ich meine Musikkenntnisse in den Dienst der Polizeiarbeit stellen kann. Wohin fahren wir?“

„Unser Ziel ist ein Laden auf der anderen Seite der Stadt. Er gehört einem gewissen Urs Schnitzer. Er sagt, bei ihm sei eingebrochen worden. Allerdings kommt mir das komisch vor. Es könnte sein, dass er Versicherungsbetrug begehen will. Wir müssen ihm auf den Zahn fühlen.“

„Wie kommen Sie darauf?“, fragte Doktor Stradivari.

„Wir haben seine Finanzen überprüft. Schnitzer ist ziemlich verschuldet. Wenn kein Wunder geschieht, muss er den Laden bald schließen.“

Der Inhaber stand schon wartend vor dem Geschäft. Er war ein hagerer dunkelhaariger Mittvierziger mit leichtem Übergewicht und ungepflegtem Bart.

„Die Einbrecher kamen wohl durch den Keller vom Nachbarhaus“, erklärte er. „Es ist unbewohnt und wird gerade renoviert. Sie haben am Wochenende eine Trennwand eingerissen. Auf diese Weise konnten sie ungehindert in mein Geschäft gelangen und die Beute abtransportieren.“

Die drei Männer gingen in den Laden. Jetzt verstand Doktor Stradivari auch, warum ihn Reuter hinzugebeten hatte. Schnitzer war auf den Verkauf von alten oder zumindest gebrauchten Musikalien spezialisiert. Sein Laden war für Musikbegeisterte ein wahres Wunderland. In Vitrinen gab es Geigen, Trompeten, Flöten und Gitarren. Sie kamen an mehreren Klavieren vorbei. In einer Ecke wurden alte Vinyl-Schallplatten angeboten, in einer anderen antiquarische Noten.

Im Keller führte Schnitzer sie zu einer Backsteinwand, vor der ein Haufen Schutt lag. Einige Steine fehlten. Das gezackte Loch war einen guten Meter hoch und höchstens 30 Zentimeter breit.

„Wer immer hier durchkam, muss also klein gewesen sein", stellte der Hauptkommissar fest. „Und biegsam. Herr Schnitzer, gibt es wirklich keine andere Möglichkeit, hier hereinzukommen?"

Der Ladeninhaber schüttelte den Kopf. „Die Fenster und der Eingangsbereich sind vergittert. Ich allein habe einen Schlüssel."

Reuter quetschte sich mühsam durch das Loch. „Gut, dass ich gerade abgenommen habe", meinte er, schaltete seine Handylampe ein und verschwand im Nachbarraum.

„Wohnt jemand hier im Haus?", fragte der Doktor, denn ihm war, als dringe von ferne Musik an sein Ohr.

„Eine Musikerin", sagte Schnitzer. „In der oberen Etage. Sie hat sich für einen Kaiserbass interessiert, den ich im Angebot hatte. Wissen Sie, ich biete zwar gebrauchte, aber auch wirklich gute Instrumente an. Leider konnte sie sich den Bass nicht leisten."

Der Hauptkommissar kam zurück und drückte sich ächzend durch das Loch. „Im Erdgeschoss des Nachbarhauses wurden Scheiben eingeworfen", sagte er. „Dort kamen sie wohl herein." Er wischte sich den Staub vom Anzug.

Reuter und Doktor Stradivari machten sich auf die Suche nach Zeugen. Sie befragten Anwohner der Nachbarschaft und natürlich auch die Musikerin aus dem ersten Stock. Sie war schlank und mindestens einen Kopf kleiner als der Hauptkommissar, der knapp 1,80 maß. Wie alle Befragten sagte sie aus, nichts von dem Einbruch mitbekommen zu haben. „Und Sie spielen auch Tuba?“ fragte der Doktor.
„Sieht man mir nicht an, was? Herr Schnitzer hat Ihnen sicher erzählt, dass ich den Kaiserbass kaufen wollte, oder?“
„Ein Kaiserbass ist eine Art Tuba?“, fragte Reuter Doktor Stradivari, als sie im Wagen saßen und die Liste durchgingen.
„So ist es“, sagte der Doktor. „Es ist eine Basstuba in B, wie der Fachmann sagt.“
„Zehn LPs, eine Flöte, eine Trompete und der Kaiserbass“, las der Kripomann die Liste der Beute vor. „Der soll sogar besonders wertvoll gewesen sein. Seltsam, dass nicht mehr gestohlen wurde. Aber eine Verdächtige haben wir ja. Die Dame, die über dem Laden wohnt, wollte das Instrument haben. Sie ist zwar klein, hätte aber vielleicht genug Kraft gehabt, um die Mauer einzureißen.“
„Mag sein“, sagte Doktor Stradivari. „Aber sie hat den Diebstahl nicht begangen. Ich glaube, sie hatten recht, als sie Schnitzer des Versicherungsbetruges verdächtigten.“

Was hat Doktor Stradivari den Hinweis dafür gegeben?

3

Blankmanns Ende

Als Doktor Stradivari vor dem Haus des ermordeten Hornisten Alfons Blankmann aus dem Wagen stieg, kam ihm Kriminalkommissar Reuter schon ungeduldig entgegengelaufen. „Gut, dass Sie da sind“, sagte er und führte den Doktor in das Musikzimmer. Es war ein getäfelter Raum. Mehrere messingglänzende Hörner lagerten auf einem Regalbrett. Außerdem gab es Stapel von Noten, einen Flügel, ein Notenpult, Bücher und CDs. Auf einem Schreibtisch an der Seite lag ein verschlossener großer Umschlag. Darauf stand handschriftlich: *Mozart, Hornkonzert KV 371, Andante*.

„Herr Blankmann wurde erschlagen, während er hier am Schreibtisch saß“, erklärte Reuter. „Wir haben das Opfer abtransportiert, aber sonst alles so gelassen, wie es war.“

„Gibt es Verdächtige?“, fragte der Doktor.

„Zum einen den Ehemann einer jungen Violinistin, mit der Blankmann ein Verhältnis hatte. Zum anderen Viktor Stein, ebenfalls Hornist. Er war ein beruflicher Konkurrent. Beide haben kein Alibi.“

„Ich kenne Viktor Stein“, sagte Stradivari, während er durch den Raum ging und sich Einzelheiten ansah. „Er und Blankmann versuchen sich seit Jahren in der Gunst des Publikums zu übertreffen. Stein ist auch Musikforscher. Wissen Sie, es gibt einige Werke von Mozart, die unvollendet geblieben sind. Oder es sind Teile verschollen. So zum Beispiel bei einem frühen Hornkonzert, von dem man nur den ersten und den dritten Satz kennt. Und der erste ist auch noch unvollendet. Die beiden Teile wurden unter den Werknummern 370b und 371 veröffentlicht. Mehrere Wissenschaftler, unter anderem Stein, haben den ersten Satz vollendet, sodass man wenigstens das zweisätzige Fragment aufführen kann.

„Wohin soll das nun führen?“, fragte Reuter, den diese fachlichen Details verwirrten. „Wir haben einen Mörder zu finden, Herr Doktor.“

„Ich bin sicher, das werden wir.“ Doktor Stradivari deutete auf den Schreibtisch. „Darf ich diesen Umschlag öffnen?“

„Wenn es nötig ist. Wir haben keine Fingerabdrücke der Verdächtigen daran gefunden.“

In dem Kuvert befanden sich einige Fotokopien. Sie zeigten eine Notenhandschrift. Stradivari erkannte sofort, dass sie von Mozart stammte. Zu sehen war eine Orchesterpartitur, ergänzt um ein Solohorn. Auf der ersten Seite wies ein Stempel darauf hin, dass sich das Originalmanuskript in einer Prager Bibliothek befand.

„Prag“, sagte Reuter nachdenklich. „Dort ist Blankmann vor einer Woche hingereist. Glauben Sie, diese Partitur hat etwas mit der Tat zu tun?“

„Auf jeden Fall“, erklärte der Doktor. „Sie zeigt, dass Stein bestimmt nicht Blankmanns Mörder war.“

Was macht Doktor Stradivari da so sicher?

4

Besuch in Weimar

Doktor Stradivari drückte den Klingelknopf an der Villa in der Nähe des Weimarer Ilmparks. Drinnen ertönte ein dunkles Ding-Dong. Eine Stimme aus der Sprechanlage wies ihn an, dem Flur zu folgen, der zum Wohnzimmer führte. Dann summte es. Der Doktor drückte gegen die schwere Eingangstür und konnte das Haus betreten.

Hier lebte Professor Antonius Siebenzahn, ein ausgewiesener Kenner der Musik und der Biografie Franz Liszts. Seit zwanzig Jahren hatte er sich nicht mehr in der Öffentlichkeit blicken lassen. Angeblich verbrachte er seine Zeit ausschließlich hier in seinem Haus und widmete sich seinen Studien. Vor Kurzem hatte er über gewisse Kanäle die Bereitschaft verbreitet, einige wertvolle alte Druckausgaben seines Idols zu veräußern. Es passte zu den Geheimnissen, die ihn umgaben, dass er auf Barzahlung bestand. Ein Freund von Stradivari war an den Drucken interessiert. Er hatte den Doktor gebeten, für ihn den Kauf abzuwickeln. So steckte nun ein Umschlag mit zehntausend Euro in bar in Doktor Stradivaris Sakko-Innentasche.

Der Doktor durchschritt ein Foyer mit Marmorboden, fand dann den kleinen Flur und gelangte in ein geräumiges Wohnzimmer. Auch ohne Siebenzahn zu kennen, wäre man von selbst darauf gekommen, dass hier ein Liszt-Verehrer residierte. Auf dem Flügel stand eine Büste des Komponisten. An den Wänden hingen mehrere Bilder – darunter auch die Reproduktion eines Gemäldes, das Liszt

an der Seite seines Freundes und Schwiegersohns Richard Wagner zeigte.
Die Person, die in dem dämmrigen Raum in einem Sessel saß, wirkte alt und eingefallen. Die Augen waren trotz der Lichtverhältnisse hinter einer dunklen Brille verborgen. Auf dem Kopf hatte Siebenzahn eine Wollmütze, auf den Knien eine Decke, obwohl es nicht kalt war.
„Es freut mich, Ihre Bekanntschaft zu machen", sagte der alte Mann krächzend. „Leider kann ich Sie nicht bewirten. Meine Krankheit lässt es nicht zu. Auch grelles Licht schadet mir. Ich hoffe, es stört Sie nicht, wenn wir uns in dieser Dunkelheit unterhalten."
Stradivari erklärte, dass die Freude ganz auf seiner Seite sei. „Ich möchte Ihre Zeit nicht über Gebühr beanspruchen", fuhr er fort. „Es ist mir eine Ehre, Sie persönlich kennenzulernen. Wenn Sie erlauben, hätte ich nur eine Frage. Wann wird Ihre Forschungsarbeit über Franz Liszt und seine Zeit in Weimar erscheinen? Es heißt, Sie arbeiten schon sehr lange daran, und die Fachwelt wartet sehnsüchtig auf die Veröffentlichung."
Ein Lächeln umspielte Siebenzahns Lippen. „Oh, Sie kennen sich aus ... Das ehrt mich. Nun ja, ich hoffe, es bleibt mir noch Zeit, einiges herauszufinden. Mich beschäftigt ja vor allem ein Thema. Franz Liszts Hinwendung zur geistlichen Musik. Im Jahre 1865 hat Liszt ja bekanntlich die niederen Priesterweihen empfangen. Aber die spirituelle Kraft der Musik hat ihn schon früher fasziniert. Denken Sie an seine Bearbeitung von Palestrinas ‚Miserere' aus dem Zyklus ‚Harmonies poétiques et religieuses'. Und die Verbindung zu Richard Wagner. Das Motiv des heiligen Grals. Im ‚Parsifal', aber auch im ‚Lohengrin' ..."
„Die Vision des Grals im ‚Lohengrin-Vorspiel'", warf Stradivari ein.

„Ganz recht. Der Gral ist eines der geheimnisvollsten christlichen Motive. Ende August 1850 dirigierte Liszt hier in Weimar die ‚Lohengrin-Uraufführung'. Ich habe neue Dokumente dazu entdeckt. Liszt und Wagner haben während der letzten Proben hochinteressante Gespräche über den Zusammenhang von Musik und Religion geführt. Bei einigen davon war ein Musiker aus dem Orchester anwesend, der einiges davon in bisher unbekannten Briefen an seine Schwester zusammenfasste. Es wird ganz neue Erkenntnisse über Liszts Musik geben. Und über Wagner, der sie zum Teil inspirierte."

„Obwohl er doch auch ein wahrer Rebell war", warf der Doktor ein. „Er war auf der Flucht vor Gläubigern und wurde polizeilich verfolgt. Bis er dann im bayrischen König einen Gönner fand."

Siebenzahn atmete schwer. „Könnten wir bitte zum Geschäftlichen kommen? Haben Sie die Summe bei sich?"

„Ach, entschuldigen Sie", sagte Doktor Stradivari. „Ich habe den Umschlag in meinem Hotel gelassen. Es ist um die Ecke. Ich bin sofort zurück."

Er nickte dem alten Mann im Sessel zu und verließ das Haus. Auf der Straße zog er sein Handy hervor und rief die Polizei an. Er war einem Verbrechen auf die Spur gekommen, das war klar. Was war wohl aus dem echten Professor Siebenzahn geworden?

Was hat Doktor Stradivari misstrauisch werden lassen?

5

Der Entführer am Telefon

In dem neonbeleuchteten Polizeibüro herrschte gespannte Stille. Ein Telefon klingelte. Hauptkommissar Reuter gab Doktor Stradivari ein Zeichen, woraufhin dieser abnahm und sich meldete. Zuerst war nur Musik zu hören. Langsame Streicherklänge. Der Doktor erkannte einen der berühmtesten Adagio-Sätze.

„Wer ist da?“, fragte Doktor Stradivari.

„Das wissen Sie“. Die Männerstimme klang dumpf. „Hier ist der erste Teil der Lösegeldforderung. Halten Sie drei Millionen in bar bereit.“

An der Wand des Büros stand ein Tisch mit technischen Geräten. Ein Beamter war damit beschäftigt, den Anruf zurückzuverfolgen. Man hatte ermittelt, wer der Erpresser war, der vor drei Tagen die Pianistin Sarah Berger entführt hatte. Es war Marco Bernardi, ein italienischer Mafiagangster und Musikkenner. Ihn in ein Gespräch über Musik zu verwickeln, war die einzige Möglichkeit, das Gespräch zu verlängern und so herauszufinden, von wo der Anruf kam. Das war Doktor Stradivaris Aufgabe.

„Sie hören Musik von Albinoni“, sagte er.

„Sie kennen das? Da gibt es nicht viele bei der Polizei.“

„Ausnahmen bestätigen die Regel. Eine schöne Aufnahme.“

„Oh ja. Das Ensemble I Musici. Für mich die perfekteste Einspielung.“

„Gefallen Ihnen die anderen Werke von Albinoni nicht besser?“, versuchte der Doktor Zeit zu gewinnen. „Da gibt es noch so viel zu entdecken. An Konzerten, Sonaten und anderen Werken. Einige Kenner finden, er übertreffe sogar Vivaldi, den ja so mancher für einen oberflächlichen Vielschreiber hält. Immerhin hat aber Bach Albinoni sehr geschätzt."

„Vivaldi ebenfalls", gab der Anrufer zurück.

„Da haben Sie recht." Der Doktor sah zu dem Beamten, der die Technik bediente. Der hob die Hand und machte drehende Bewegung mit dem Handgelenk. Doktor Stradivari sollte weitermachen. Zum Glück sprach jetzt der Anrufer weiter.

„Ehe ich Mitglied der *famiglia* wurde, habe ich Musikwissenschaft studiert und alles über Albinoni gelesen. Er ist und bleibt mein Lieblingskomponist. Immer wenn ich eine wichtige Entscheidung treffe, höre ich sein Adagio. Dieser weihevolle Ausdruck ist einzigartig. Es ist das beste Werk, das der Meister hinterlassen hat."

Hauptkommissar Reuter wechselte mit dem Beamten flüsternd ein paar Worte. Dann schrieb er etwas auf einen Zettel und legte ihn so, dass der Doktor ihn lesen konnte.

Haben das Haus ausfindig gemacht. Beamte vor Ort. Ein Wagen verlässt das Anwesen.

Der Doktor schrieb schnell etwas unter die Notiz: *Wagen unbedingt verfolgen. Telefonat ist eine Finte. Anrufer ist nicht MB.*

Wie ist Doktor Stradivari darauf gekommen?

6

Die geheimnisvollen Plätzchen

Doktor Stradivari las gerade einen Artikel über die Kirchenmusik von Joseph Haydn in einer Fachzeitschrift, als es an der Tür klingelte. Draußen stand der elfjährige Timo. Er war ein freundlicher Nachbarsjunge, der mit seiner Mutter in der Etage über dem Doktor wohnte. „Wir möchten Ihnen einen schönen Nikolaustag wünschen“, sagte Timo und hielt einen kleinen in Folie verpackten Korb hoch. Darin befand sich Gebäck. Stradivari fiel sofort auf, dass die Plätzchen alle etwas mit Musik zu tun hatten. Einige waren nachgebildete Noten oder Musikinstrumente.

„Vielen Dank“, sagte Doktor Stradivari. „Hat deine Mutter gebacken?“

„Nein, das nicht“, sagte Timo. „Sie sind vom Weihnachtsmarkt. Von Frau Felderbusch.“

Stradivari bedankte sich noch einmal. Dann verabschiedete er sich von Timo und trug ihm auf, auch seine Mutter zu grüßen und ihr zu danken. In der Küche betrachtete er das Geschenk genauer. Die musikalischen Motive waren wirklich sehr schön gemacht. Auf einem Plätzchen konnte man den fanfarenartigen Beginn der „Kleinen Nachtmusik“ in Zuckerguss lesen. Ein Keks in Violinform hatte perfekt aufgemalte F-Löcher und Linien, die die vier Saiten darstellten. Eine Viertelnote besaß einen von Schokoladenüberzug dunklen Kopf. Bei einer halben Note war der ringförmige Rand dunkel überzogen, das Innere des hohlen Kopfes war ausgespart. An dem Hals gab es drei dunkle Fähnchen.

Doktor Stradivari kannte Frau Felderbusch. Sie war Musiklehrerin am Gymnasium gewesen. Eine sehr strenge sogar. Sie hatte nicht den geringsten Fehler oder auch nur die kleinste Ungenauigkeit durchgehen lassen. Wer in ihrer Klasse gewesen war, hatte sehr schnell Noten lesen und schreiben gelernt.

In ihrer Freizeit hatte sie immer gerne gebacken. Und nach ihrer Pensionierung hatte sie sich auf dieses Talent besonnen und ein richtiges Label entwickelt, das auch auf der Plastikfolie zu sehen war. Es war ein kleines rosa Zettelchen, auf dem verschnörkelt „A-F" stand. Daneben war ein fünfzeiliges Notensystem mit einem Violinschlüssel zu sehen, darin die Noten A und F. Das Kürzel für Adelheid Felderbusch.

Der Doktor erinnerte sich, dass es über die backbegeisterte Lehrerin im Ruhestand einen Artikel in der örtlichen Zeitung gegeben hatte. Darin hatte Frau Felderbusch erklärt, dass sie ihr Gebäck nach einem Geheimrezept herstellte. Sie hatte es von ihrer Mutter geerbt, und diese wieder von ihrer Mutter.

Doktor Stradivari öffnete die Folie und biss in eines der Plätzchen. Der Geschmack war sehr gut, aber so außergewöhnlich, wie er erwartet hatte, auch wieder nicht. Er sah sich das Gebäck genauer an. Er hatte sich, ohne nachzudenken, das Stück mit dem Beginn der „Kleinen Nachtmusik" ausgesucht. Er legte es in den Korb zurück und dachte nach. Dabei betrachtete er die Plätzchen noch einmal genauer. Nach einer Weile beschloss er, Frau Felderbusch einen Besuch abzustatten. Es war jetzt gerade elf Uhr am Vormittag. Der Markt ging bis zum Abend. Er hatte die Lehrerin einmal bei einem Schülerkonzert kennengelernt. Sicher erinnerte sie sich an ihn. Es gab da eine Frage, die Doktor Stradivari eben in den Sinn gekommen war und die

ihm nur die begabte Bäckerin selbst beantworten konnte.
Der Doktor brauchte eine gute halbe Stunde, bis er den Weihnachtsmarkt erreichte. Der Stand mit den musikalischen Plätzchen war ziemlich weit hinten. Während sich der Doktor seinen Weg durch die Menge bahnte und immer näher kam, sah er schon, dass es nicht Frau Felderbusch war, die dort die Kunden bediente. Es war eine deutlich jüngere Frau von höchstens fünfundzwanzig Jahren.
Schließlich erreichte er den Stand. Die gleichen Plätzchen wie die in dem Korb von Timo und seiner Mutter gab es dort – in verschiedensten Zusammenstellungen und dementsprechend zu verschiedenen Preisen. Überall waren rosa Zettelchen mit dem Logo angebracht.
„Ist Frau Felderbusch nicht da?“, fragte Stradivari die junge Frau. Sie schüttelte den Kopf. „Sie ist leider krank geworden. Aber sie hat das alles hier noch gebacken. Ich vertrete sie hier am Stand, bis sie wieder gesund ist.“
Der Doktor sah die Ware genau an und ging ein Stück weiter. Dort nahm er sein Handy aus der Tasche und rief Hauptkommissar Reuter an.
„Es könnte sein, dass nichts wirklich Schlimmes dahintersteckt“, sagte er zu dem Kripobeamten. „Aber hier ist etwas Seltsames im Gange. Ich vermute zumindest einen Betrug.“

Was gibt Doktor Stradivari Anlass zu seiner Vermutung?

7

Dies irae

Doktor Stradivari wollte an diesem Abend Hauptkommissar Reuter abholen, um mit ihm zusammen ins Konzert zu gehen. Doch als er das Büro im Präsidium betrat, war der Hauptkommissar im Schein einer Lampe tief in Arbeit versunken. Auf seinem Schreibtisch drängten sich Aktenstapel und etliche aufgeschlagene Bücher.

„Schon so spät?“, sagte der Beamte und kratzte sich am Kopf.

„Wie ich sehe, haben Sie noch Arbeit vor sich“, stellte Doktor Stradivari fest.

Reuter seufzte. „Ich kann hier leider nicht weg, bevor ich nicht weiß, in welche Richtung wir weiter ermitteln sollen.“

„Wenn ich Ihnen mit musikalischen Kenntnissen weiterhelfen kann, stehe ich Ihnen gerne zur Seite.“

„Ja, der Fall hat tatsächlich etwas mit Musik zu tun. Ich glaube, Sie sind im richtigen Moment gekommen. Dabei dachte ich, ich käme diesmal auch alleine weiter.“

Der Doktor setzte sich auf einen der Besucherstühle. „Ich bin ganz Ohr. Vielleicht schaffen wir es ja noch ins Konzert.“

„Wir ermitteln den Todesfall eines gewissen Professor Gebhard. Er war emeritierter Professor und befasste sich im Ruhestand mit Musikforschung.“

„Das heißt, in seinem Berufsleben widmete er sich einem anderen Fach?“, fragte Doktor Stradivari.

Der Hauptkommissar nickte. „Astrophysik. Als Musikforscher hat er sich vor allem mit der Kirchenmusik des französischen Komponisten Gabriel Fauré beschäftigt. Besonders mit dem berühmten Requiem, der Totenmesse."

„Ein wunderbares Werk", sagte Doktor Stradivari. „Es hat gewisse Besonderheiten. So hat Fauré im Orchestersatz in der ersten Fassung auf die Violinen verzichtet. Außerdem fehlt einer der liturgischen Teile, und zwar ausgerechnet das ‚Dies irae', das ja in anderen berühmten Totenmessen wie etwa denen von Mozart oder Verdi für besonders dramatische Momente sorgt. Es ist die Darstellung des Jüngsten Gerichts."

Reuter deutete auf die Bücher, die vor ihm lagen. „Das habe ich auch schon herausgefunden." Er räusperte sich und schlug eine Akte auf. „Vor einiger Zeit sagte Gebhard in einem Interview, dass er in einer Pariser Bibliothek das fehlende ‚Dies irae' vermutete. Er glaubte, Fauré habe es doch komponiert, später aber aus dem Werk herausgenommen und dieser Partiturenteil sei einzeln in irgendein Archiv geraten. Er wollte es unbedingt finden."

„Das wäre eine Sensation", sagte der Doktor.

„Ja, und es könnte doch sein, dass diese Sache etwas mit seinem Tod zu tun hat."

„Haben Sie denn einen Hinweis darauf, dass Gebhard die Partitur gefunden hat?"

Der Hauptkommissar griff in eine andere Aktenmappe, die vor ihm auf dem Tisch lag, und zog eine Klarsichthülle heraus.

„Hier, schauen Sie", forderte er den Doktor auf.

Hinter dem durchsichtigen Plastik erkannte der Doktor den verbrannten Rest eines Papierblattes. Ein wenig war noch zu lesen. Es war eine handschriftliche Notiz: 8685 Fauré. Meine Entdeckung.

„Gebhard wurde erwürgt", sagte Reuter. „Dann gab es ein Feuer in seiner Wohnung. Es zerstörte fast alles. Nur diese Notiz nicht. Wahrscheinlich ist das eine Seite aus einem Tagebuch. Die Ziffer könnte eine Bibliothekssignatur sein. Und wenn Gebhard schreibt, dass das seine Entdeckung sei, dann hat er die verlorene Partitur gefunden und vielleicht sogar erworben. Jemand wollte das Manuskript stehlen, Gebhard hat den Dieb überrascht, es kam zum Kampf, der Professor starb. Und um die Spuren zu verwischen, wurde das Feuer gelegt ..."

Doktor Stradivari betrachtete noch einmal den Fetzen Papier. „Eine gute Geschichte", sagte er.

„Nicht wahr?", rief der Hauptkommissar. „Das würde dem Fall die entscheidende Richtung geben. Wissen Sie, es gibt auch noch eine andere Spur. Gebhard lieferte sich gerade einen Rechtsstreit mit seiner Ex-Frau, die einen gewalttätigen Partner hat ... Ich will Sie damit nicht langweilen. Ich muss nur wissen, ob wir in Richtung der verschollenen Partitur ermitteln sollten."

„Ich bin für solche Geschichten zu haben", sagte der Doktor. „Doch Sie liegen falsch. Die Zahl ist keine Bibliothekssignatur. Sie bedeutet etwas ganz anderes. Sie führt uns sozusagen in eine ganz andere Welt. Eher auf das Gebiet, mit dem sich Gebhard vor seiner Emeritierung befasste. Ob er mit seiner Notiz übrigens richtiglag, möchte ich auch bezweifeln. Aber sie ist auch aus dem Zusammenhang gerissen. Ermitteln Sie lieber in eine andere Richtung. Und lassen Sie uns nun aufbrechen. Wenn wir uns beeilen, schaffen wir es noch rechtzeitig ins Konzert."

Worauf bezieht sich Gebhards Notiz? Was hat Stradivari mit seiner Äußerung gemeint?

8

Der letzte Kastrat

Es war der 8. Dezember. Doktor Stradivari blickte in den Kalender, der auf seinem Sekretär lag. Unter dem Datum war ein christlicher Feiertag eingetragen: Mariä Empfängnis. Ansonsten war das Feld leer.
Keine Termine, dachte der Doktor. Ganz ungewohnt. Kein Anruf von Hauptkommissar Reuter. Der Kripobeamte hatte erwähnt, dass er sich am 8. 12. einen Tag freinehmen wollte, um seinen Bruder zu besuchen, der Geburtstag hatte.
Kaum hatte sich Doktor Stradivari innerlich die Frage gestellt, was er mit dem freien Tag anfangen könnte, da meldete sich das elektronische Signal des Telefons. Die Nummer auf dem Display kannte der Doktor nicht.
„Ja bitte?“, meldete er sich kühl.
„Doktor Stradivari? Hier ist Robert Fleischer.“
„Der Versicherungsdetektiv?“ Er hatte Fleischer vor ein paar Jahren bei einem Fall kennengelernt, bei dem es um eine gestohlene Violine gegangen war. „Ist wieder ein wertvolles Musikinstrument abhandengekommen?“
„Nein, diesmal geht es um eine Schallplatte. Wären Sie so freundlich und würden mir wieder mit Ihren Fachkenntnissen helfen?“
Eine Stunde später traf der Doktor an einem Geschäft ein, das sich auf wertvolle alte Schallplatten spezialisiert hatte. Der Inhaber, ein grauhaariger Mann im feinen Anzug, war mit Fleischer gerade in eine Diskussion verstrickt.

„Gut, dass Sie kommen“, sagte der Detektiv. „Herr von Papenburg hier behauptet, es gebe eine Schallplatte mit der Stimme eines echten Kastraten.“

Von Papenburg begrüßte den Doktor. „Viele halten Kastraten für ein Phänomen der Barockzeit“, erklärte der Ladenbesitzer dann. „Und tatsächlich haben sie ihre großen Triumphe auch in den barocken Opern gefeiert. Die furchtbare Praxis, begabte Knaben vor dem Stimmbruch einer grausamen Operation zu unterziehen, um ihre Stimme zu erhalten, gab es aber bis ins 19. Jahrhundert hinein. Der letzte Kastrat starb erst im Jahre 1922. Er hieß Alessandro Moreschi, und es gibt von ihm sogar Schallplattenaufnahmen. Genau darum geht es. Eine dieser kostbaren Schallplatten aus dem Jahre 1904 wurde gestohlen. Zum Glück bin ich aber gut versichert.“ Er warf Fleischer einen strengen Blick zu. „Wenn die Versicherungsgesellschaft mir glaubt, dass die Platte existiert, versteht sich.“

Er führte die beiden Männer durch eine Metalltür und drückte auf einen Lichtschalter. Neonlampen flackerten auf und beleuchteten ein Chaos aus umgestürzten Regalen. Das einzige Fenster des Lagers war zerbrochen, das Gitter davor zersägt.

„Ich bin noch nicht ganz durch mit der Bestandsaufnahme“, sagte der Antiquar, „aber eines steht fest. Die Diebe haben eine Schallplatte von Moreschi gestohlen, die ich für dreihunderttausend Euro anbieten wollte. Ein absolutes Unikat. Das Etikett trug sogar Moreschis Unterschrift. Warten Sie bitte einen Moment.“

Fleischer inspizierte das Fenster. „Das hier sieht auch realistisch aus“, sagte er zu dem Doktor. „Es ist ihnen sogar gelungen, die Alarmanlage lahmzulegen.“ Er seufzte. „Das wird teuer für die Versicherung.“

„Könnte sein“, sagte Doktor Stradivari. „Warten wir ab, wie

er beweisen will, dass er die Platte wirklich besessen hat."
„Sie meinen, es stimmt, was er erzählt hat? Ich habe ja auch ein paar CDs mit Kastratenarien und habe auch schon darüber gelesen. Händel, Vivaldi und so was haben die gesungen. Heute wird das aber von Sängerinnen oder sogenannten Countertenören interpretiert. Und da soll ein echter Kastrat bis ins frühe Schallplattenzeitalter gelebt haben?"
„Allerdings", sagte Stradivari. „Er hat zwei Mal Aufnahmen gemacht, 1902 und 1904. Mit Kirchenmusik und mit italienischen Liedern, soweit ich mich erinnere. Die Dokumente sind Raritäten."
Von Papenburg kam zurück. „Zum Glück habe ich das wertvolle Stück fotografiert." Er zeigte Doktor Stradivari ein Bild. Man sah von Papenburg selbst, der eine Schellackplatte in der Hand hielt. Auf dem hellroten Etikett war etwas zu lesen, das wie eine Unterschrift aussah. In Druckbuchstaben stand daneben: A. Moreschi – Puccini: Il tabarro.
„Er singt Puccinis Arie ‚O mio babbino caro'", erklärte von Papenburg. „Aufgenommen 1904. Mit Klavierbegleitung. Es war seine zweite Aufnahmesitzung. Die erste fand 1902 statt."
Fleischer hob die Schultern. „Die Versicherung wird wohl zahlen müssen", sagte er.
Doktor Stradivari dachte an den heutigen Feiertag und lächelte. „Das glaube ich nicht", sagte er.

Was lässt Doktor Stradivari an der Diebstahlgeschichte zweifeln?

9

Die rätselhaften Traunstein-Brüder

„Diesmal brauchen wir Ihre Mitarbeit nicht", sagte Hauptkommissar Reuter gut gelaunt. „Seien Sie mir nicht böse, lieber Doktor Stradivari, aber in dem aktuellen Fall gibt es keine Verbindung zur Musik. Unternehmen Sie etwas anderes. Widmen Sie sich weiter Ihren Nachforschungen. Zum Beispiel zu der Frage, ob Sie wirklich mit dem berühmten Geigenbaumeister aus Italien verwandt sind."
„Das kann warten", sagte der Doktor. „Sie haben doch eben den Namen ‚Traunstein' erwähnt", wandte Doktor Stradivari ein. „So heißt ein berühmter Musikwissenschaftler, der gerade in der Stadt ist."
„Das stimmt", sagte Reuter. „Andreas Traunstein. Das Mordopfer im aktuellen Fall ist dessen Zwillingsbruder. Simon Traunstein. Der Professor hat damit aber nichts zu tun. Er ist nur in der Stadt, weil er einen Wissenschaftspreis erhält. Sein Bruder dagegen war Finanzberater und hat sich wohl krumme Geschäfte geleistet. Er war sogar hoch verschuldet. Nun hat ihn jemand in seiner Wohnung erschlagen. Sie sehen, hier geht es um andere Dinge als Musik. Was ich übrigens sehr schade finde. Ich lerne ja immer eine Menge von Ihnen."
„Ich kann mich ja trotzdem einmal mit Simon Traunsteins Bruder unterhalten", meinte Doktor Stradivari. „Er ist Experte für die Klarinette und ihre Geschichte. In der Zeitung stand, dass er bei der Preisverleihung einen Vortrag halten wird. Eine seltene Gelegenheit, denn Traun-

stein verlässt sein Haus in Norditalien praktisch nie. Er lebt dort sehr zurückgezogen."

„Sicher werden Sie davon profitieren", seufzte Reuter. „Mich ruft die Arbeit. Ich beneide Sie."

Doktor Stradivari verließ das Präsidium und nahm in der Stadt ein verspätetes Mittagessen zu sich. Dann kaufte er sich eine Zeitung. In einem Artikel ging es um den bevorstehenden Festakt. Der Preis, den Traunstein gewonnen hatte, war immerhin mit 20.000 Euro dotiert.

Die Veranstaltung in der Aula der Universität begann um 20 Uhr. Doktor Stradivari war schon eine halbe Stunde früher da, weil er hoffte, den Professor noch sprechen oder sich mit ihm verabreden zu können, aber der Geehrte kam erst in letzter Minute.

Nach den Begrüßungsreden und der feierlichen Ehrung trat Traunstein ans Pult und begann seinen Vortrag über das Holzblasinstrument, für das er Experte war. Er erläuterte den Tonumfang, erklärte die verschiedenen Bauformen, beschrieb die unterschiedlichen Register und führte einige Klangbeispiele aus berühmten Klarinettenwerken vor – unter anderem aus dem Klarinettenkonzert von Mozart, aus einem weiteren Konzert von Carl Maria von Weber, aber auch Orchesterpassagen aus Kompositionen von Richard Strauss oder Gustav Mahler. „Lassen Sie mich nun auf die Geschichte der Klarinette eingehen", sagte er.

Es herrschte gespannte Stille im Saal. Traunstein räusperte sich und blätterte in seinem Redemanuskript. Die Pause wurde länger und länger. Offenbar suchte der Redner nach der nächsten Seite. Er fand sie nicht, was ihn weiter aus dem Konzept brachte. Stradivari, der am Rand der ersten Reihe saß, konnte genau sehen, wie Traunsteins Gesicht eine rötliche Farbe bekam. Schließlich packte er sein Redemanuskript, blickte fest ins Publikum und sprach einfach aus dem Stegreif weiter.

„Wenige wissen, dass die Klarinette nicht erst in der Klassik und Romantik, sondern schon in der Barockmusik vorkam“, sagte er, offenbar wieder mit festem Boden unter den Füßen. „Es war eine Frühform. Man nannte sie ...“ Er schien einen Moment nachzudenken. War ihm das Wort, das er sagen wollte, entfallen? Stradivari konnte es kaum glauben. „Man nannte es ‚Chalumeau‘“, sagte der Professor dann. „Vivaldi beschäftigte das Instrument in einigen Konzerten. Und kein geringerer als der große Johann Sebastian Bach war ebenfalls von der besonderen Klangfarbe begeistert und verwendete sie ebenfalls ... in einigen seiner Kantaten.“

In Doktor Stradivaris Jackentasche vibrierte das Handy. Auf dem Display war zu sehen, dass Reuter anrief. Der Doktor verließ leise den Saal und meldete sich.

„Wir haben etwas herausgefunden“, sagte der Hauptkommissar. „Die Brüder haben hier in der Stadt miteinander telefoniert. Vielleicht hat Simon Traunstein seinen Bruder doch getroffen, und der Professor kann uns einen Hinweis geben. Könnten Sie ihn nach dem Vortrag befragen?“

„Leider ist der Professor tot“, sagte Stradivari. „Er ist es, der ermordet wurde. Simon Traunstein ist der Täter. Ich hätte Sie sowieso gleich angerufen.“

Wie ist Doktor Stradivari darauf gekommen?

10

Der angebliche Konzertbesucher

„Ich bin unschuldig. Glauben Sie mir."
Timo Katenburg, ein junger Mann von Mitte zwanzig, saß zusammengesunken da und starrte vor sich hin. Er trug einen dunklen Anzug mit weißem Hemd und Schlips. Das gepflegte Äußere hätte kaum vermuten lassen, was man ihm vorwarf.
Hauptkommissar Reuter lehnte sich zurück und las etwas von einer Akte ab. „Zwei aufgebrochene Wagen von Konzertbesuchern in zweihundert Meter Umkreis der Philharmonie. Ganz nach Ihrer Methode, wegen der Sie schon mal in Haft waren. Wir haben Sie in der Nähe des Tatortes festgenommen. Und Sie leugnen immer noch?"
Der junge Mann sah auf. „Ich habe doch ein Alibi."
„Und das wäre?"
„Ich war auch im Konzert."
„Ach, deswegen haben Sie sich so fein gemacht?"
Reuter erntete ein Nicken.
Der Hauptkommissar seufzte. „Dann zeigen Sie mir Ihre Eintrittskarte."
Katenburg hob die Schultern. „Die hab ich verloren."
Reuter warf Doktor Stradivari, der die Vernehmung beobachtete, einen Blick zu. Die Überprüfung von Alibis, die mit Musik zu tun hatten, war die Aufgabe des Doktors.
„Was für ein Konzert war es denn?", fragte Doktor Stradivari.
Katenburg runzelte die Stirn. „Ein Pianist hat gespielt. Ein Italiener. Ich komme nicht auf den Namen. Aber ich kann

Ihnen sagen, welche Werke auf dem Programm standen."
„Dann lassen Sie mal hören", sagte der Doktor.
„Zuerst war da was von Mozart. Eine Sonate. Dann etwas von Rachmaninoff. Ich hab's aufgeschrieben." Er holte einen Zettel heraus und las ab: „Mozart – Sonate Köchelverzeichnis 448, Olivier Messiaen – Visions de l'Amen ..."
Bei dem zweiten Stück musste er etwas langsamer lesen.
„Hat Ihnen die Musik gefallen?", fragte Stradivari. „Auch das Stück von Messiaen? Es ist ja etwas moderner ... Nun ja, diese Musik wurde an dem Abend tatsächlich gespielt."
Katenburg sagte nichts.
„Das soll ein Alibi sein?", brummte Kommissar Reuter. „Was in dem Konzert gespielt wurde, kann er doch sonst wo erfahren haben."
Der Doktor achtete nicht auf ihn und stellte Katenburg eine weitere Frage. „Wie sah der Pianist aus?"
„Na ja", sagte Katenburg. „Lassen Sie mich überlegen ..."
„Er kann die Beschreibung des Pianisten von einem Bild haben", warf Reuter ein. „Und dass er das Konzertprogramm kennt, beweist ebenfalls nichts." Der Hauptkommissar schüttelte den Kopf. „Ich denke, wir sollten das abbrechen."
Doktor Stradivari nickte. „Sehr richtig. Ob Sie, Herr Katenburg schuldig sind, weiß ich nicht. Dass Sie im Konzert gewesen sein wollen, ist jedoch eine Lüge. Den Anzug tragen Sie wohl nur, um uns was vorzumachen. Ihnen ist ein entscheidender Fehler unterlaufen."

Was macht Stradivari da so sicher?

11

Ein Sänger zu viel

Als Doktor Stradivari das Büro betrat, sah Hauptkommissar Reuter von einer Akte auf. Er begrüßte den Klassik-Experten knapp. Sein düsteres Gesicht zeigte, dass er wieder einmal mit seinem Latein am Ende war. „Danke, dass Sie gekommen sind“, sagte er. „Wahrscheinlich haben Sie schon von dem neuen Fall gehört. Ein Sänger ist ermordet worden.“

„Ich hatte noch keine Gelegenheit, heute Radio zu hören oder die Zeitung zu lesen“, sagte der Doktor. „Bitte bringen Sie mich auf den neuesten Stand.“

„Der Name des Opfers ist Martin Strahl“, sagte der Hauptkommissar. „Kennen Sie ihn?“

„Oh ja“, rief Doktor Stradivari überrascht. „Was für eine Tragödie. Er ist einer der besten Interpreten der Partie des Evangelisten im Weihnachtsoratorium derzeit. Ich habe seine Karriere verfolgt. Und wenn mich nicht alles täuscht, dann hat er in dieser Adventszeit das Repertoire von Bach hinter sich gelassen und beschäftigt sich mit einem Palestrina-Projekt.“

„Sie wissen ja“, sagte der Hauptkommissar, „ich liebe das Weihnachtsoratorium sehr. Aber so manchem wird es vielleicht auch zu langweilig. Wie Sie schon richtig sagen. Strahl war Teil eines Projekts mit Musik ... “ Reuter las von einem Blatt ab. “... von Pierluigi da Palestrina.“

„Es sind a cappella gesungene vierstimmige Chorwerke“, sagte der Doktor. „Das Besondere an diesem Projekt ist, dass die vier Parts nur solistisch besetzt werden. Das erzeugt einen ganz anderen Klang, als wenn ein Chor singen würde. Der Dirigent, der das initiiert hat, heißt Tobias Herzberg. Das Konzert sollte in der Marienkirche stattfinden. Natürlich war das Repertoire auf die Adventszeit zugeschnitten. Da gibt es viel Passendes von Palestrina. Zum Beispiel ein herrliches ‚Alma redemptoris mater' ... Ich habe selbst eine Karte für den Abend."

Der Hauptkommissar runzelte die Stirn. „Wenn jeder Sänger ganz alleine seinen Part singt und Strahl ausfällt, dann ist das ganze Konzert gefährdet." Er sah den Doktor an. „Habe ich das richtig verstanden?"

„Aber ja, so muss man das sehen. Es ist wirklich ein Jammer. Was wissen Sie denn schon von dem Fall? Ist es denn wirklich sicher, dass Martin Strahl einem Verbrechen zum Opfer fiel?"

Reuter nickte. „Ehrlich gesagt, ich glaube sogar, dass sein Tod etwas mit diesem Konzert zu tun hat."

„Was?", rief der Doktor überrascht. „Wie kommen Sie denn darauf?"

„Strahl wurde in seiner Wohnung niedergeschlagen. Eine Zeugin hat zur fraglichen Zeit einen Mann mit dunklem Haar gesehen, der bei Strahl geklingelt hat. Sie konnte ihn nicht gut beschreiben, aber unter Strahls Bekannten gibt es zwei Kollegen, die von der Beschreibung her passen würden. Sie sind nicht bei dem Projekt dabei."

„Aber welches Motiv sollten sie haben?", überlegte der Doktor. „Ist es wieder eine Eifersuchtsgeschichte? Oder gönnte jemand Strahl den Erfolg nicht?"

„Ich glaube, da kann uns Herr Herzberg vielleicht weiterhelfen", sagte Reuter. „Ich habe ihn kommen lassen."

Eine halbe Stunde später kam der Dirigent im Polizeipräsidium an. Reuter hatte Fotos von den beiden Verdächtigen

besorgt und zeigte sie Herzberg. Es waren zwei Sänger: der aus Russland stammende Sergej Smirnow und der Engländer Gregory Fine.
„Kennen Sie diese Herren?“, fragte der Hauptkommissar.
„Beide waren vor ein, zwei Monaten bei mir und wollten bei dem Palestrina-Projekt dabei sein“, sagte Herzberg. „Ich habe lange darüber nachgedacht, sie dann jedoch abgelehnt. Wissen Sie, bei der solistischen Besetzung muss alles sehr genau passen. Der Stil dieser beiden Sänger war mir zu opernhaft und nicht so gut für den komplexen, überirdischen Klang dieser alten Kirchenmusik. Auf der Bühne haben sie natürlich ihre Qualitäten. Smirnow hat in Mailand einen guten Osmin gesungen, und Fine soll als Tamino oder Tonio in Donizettis ‚Regimentstochter‘ seine Meriten haben. Aber Palestrina ...“ Er schüttelte den Kopf. „Nun ja. Ich werde schauen müssen, dass ich Ersatz für Martin finde.“ Er seufzte. „Ein bisschen Zeit zum Proben haben wir ja noch.“
„Vielleicht wollte wirklich einer der beiden Strahl beseitigen, um selbst dessen Partie zu übernehmen“, überlegte Reuter, als er und der Doktor wieder alleine waren.
Doktor Stradivari nickte. „Die Zeit wird knapp. Es kann sein, dass sich Herzberg dazu überreden lassen würde, doch einen von ihnen zu nehmen.“
„Dieser müsste dann der Täter sein. Aber welcher ist es?“
Stradivari zog die Augenbrauen hoch. „Ich denke, das ist klar.“

Warum ist klar, wer von den beiden verdächtig ist?

12

Der Mann am Fenster

Die Türklingel rasselte mitten in die Kadenz eines Violinkonzerts hinein, das Doktor Stradivari gerade hörte. „Na endlich“, rief Hauptkommissar Reuter. „Ich wusste, dass Sie da sind. Sie haben das Telefon stumm geschaltet, stimmt‘s?“

Der Doktor nickte nur. Das tat er immer, wenn er in Ruhe Musik hören wollte.

„Kommen Sie bitte mit“, rief Reuter. „Wir haben es sehr eilig. Wir müssen ein Entführungsopfer retten. Die Kollegen sind schon vorgefahren. Ich erkläre Ihnen alles im Auto.“

Im Wagen erfuhr Stradivari, dass es um einen Geschäftsmann namens Johann Dahl ging. „Er ist vorgestern entführt worden“, sagte der Beamte, während er mit Blaulicht durch die Stadt raste, sodass sich Stradivari im Beifahrersitz verkrampfte. „Es gab auch eine Lösegeldforderung an seine Frau. Zehn Millionen Euro. Nun ist einem Wachmann aber auf einer Überwachungskamera der entscheidende Hinweis aufgefallen. Schauen Sie es sich an. Wir haben das Bild ausgedruckt.“

Reuter deutete auf den Rücksitz, wo eine Mappe lag. Der Doktor löste sich aus der Erstarrung und holte sie nach vorne. Darin war ein Foto, auf dem ein Mann an einem Fenster stand. Er hielt ein Notenblatt in der Hand. Mit den Fingern hielt er fast alles zu.

„Es sind zwei Notenköpfe zu erkennen“, sagte Reuter, der sich auf den Verkehr konzentrierte. „Können Sie sie lesen?“

„Es ist kein Schlüssel zu sehen", sagte Doktor Stradivari. „Aber wenn der gängige Violinschlüssel vorne stünde, wäre das ein D und ein A. Was soll das alles?"
„Dahl hatte unglaubliches Glück", erklärte der Hauptkommissar. „Wir haben schon alles ermittelt und müssen ihn nur dort rausholen. Die Noten sagen, wer der Entführer ist. D. A. Daniel Albertsheimer. Er ist ein leitender Angestellter bei Dahl, den wir sowieso schon im Verdacht hatten. Na ja, nicht nur ihn. Erst dachten wir, Dahls Frau Amanda steckt dahinter, aber nun ..."
„Ich verstehe es immer noch nicht", sagte der Doktor.
„Dahl ist offenbar im Gebäude des ehemaligen Rondino-Verlags eingesperrt. Die Firma hat voriges Jahr Pleite gemacht. Das Gebäude soll bald abgerissen werden. Es steht gleich neben einer Spedition. Und dort gibt es eine Überwachungskamera. An einem Verkehrsspiegel an einer Ausfahrt. Die Kamera fängt das Bild des Spiegels ein und hat so das Fenster des alten Verlagsgebäudes im Blick. Deswegen habe ich gesagt, dass Dahl Glück hatte."
„Und warum das alles so umständlich mit den Noten?", fragte der Doktor. „Wenn er rausgefunden hat, dass man das Fenster von dem Raum, in dem er gefangen gehalten wurde, sehen kann, hätte er doch einfach etwas auf ein Blatt schreiben können?"
„Der Entführer hat ihm wohl nichts zu schreiben hingelegt", erklärte der Hauptkommissar kühl.
„Da haben Sie allerdings recht", musste Doktor Stradivari zugeben, der nicht richtig nachgedacht hatte. Er war einfach zu sehr damit beschäftigt gewesen, die Noten in der Hand des Entführungsopfers zu betrachten.
„Stattdessen hat er wahrscheinlich ein altes Notenheft gefunden, das in den Räumen noch herumlag", fuhr Reuter fort. „Und damit nicht nur auf sich aufmerksam gemacht,

sondern uns auch noch die Initialen des Täters geliefert. Albertsheimer sollte demnächst gefeuert werden. Das hat uns jedenfalls Dahls Frau erzählt. Er hat ein starkes Motiv."
„Und wieso hatten sie die Ehefrau im Verdacht?", fragte der Doktor.
„Als die Entführung bekannt wurde, haben wir sie sofort routinemäßig überprüft. Sie hat seit einem halben Jahr ein Verhältnis mit ihrem Personal Trainer. Leider kann sie sich von ihrem Mann nicht ohne empfindliche finanzielle Verluste trennen. Das war natürlich auch verdächtig. Aber nun hat Dahl ja alles selbst aufgeklärt. Ein Glück, dass wir gleich die Presse informiert haben. Der Wachmann hat Dahls Bild in der Zeitung gesehen und ihn auf dem Foto der Kamera erkannt."
Sie erreichten das Fabrikgelände. Reuter bremste so scharf, dass die Bremsen quietschten. Mehrere Streifenwagen waren bereits angekommen.
Ein uniformierter Beamter kam herüber. „Herr Dahl ist nicht mehr da", sagte er. „Wir sind zu spät gekommen. Der Entführer hat das Opfer woanders hingebracht."
„So ein Pech", sagte der Hauptkommissar. „Halten wir uns an Albertsheimer. Er wird aussagen, wenn wir ihn in die Mangel nehmen."
„Das glaube ich nicht", sagte Doktor Stradivari. „Er ist nicht der Entführer. Ich glaube eher, dass Dahls Frau dahintersteckt."

Warum ist Doktor Stradivari dieser Meinung?

13

Ein Liebesbrief von Brahms

Hauptkommissar Reuter wirkte an diesem Morgen sehr nervös. „Jetzt stehen wir so kurz vor der Lösung“, sagte er, „aber der entscheidende Mosaikstein fehlt ...“ Er seufzte und sah Doktor Stradivari an. „Zwei Verdächtige“, fasste er zusammen. „Einer kommt als Täter infrage.“

„Ganz ruhig, Herr Hauptkommissar“, mahnte ihn der Doktor. „Was ist denn überhaupt passiert?“

„Mario Porti wurde ermordet. Er ist ein reicher Italiener. Besitzer einer Pastafabrik, die weltweit exportiert. Aber wie so viele reiche Leute hatte er auch ein Faible für die Kunst. Er sammelte wertvolle Handschriften berühmter Komponisten. So war er auch im Besitz eines Briefes von Johannes Brahms, der an ...“ Der Hauptkommissar musste wieder in seine Akte schauen. „An Clara Schumann gerichtet war.“ Er blickte wieder den Doktor an. „Das sagt Ihnen sicher etwas, oder?“

„Oh ja. Clara Schumann war die Frau und spätere Witwe von Robert Schumann. Die beiden haben Brahms sehr bewundert. Wie Sie vielleicht schon mal gehört haben, beschloss Robert Schumann sein Leben in einer Art Irrenanstalt, während Clara, die auch noch mehrfache Mutter war, als Pianistin die Familie ernähren musste. In dieser Zeit blieb sie Johannes Brahms freundschaftlich verbunden. Na ja ... Es gibt Leute, die glauben, dass es auch etwas mehr als Freundschaft gewesen sein könnte, was die beiden verband.“

„Aha", sagte Reuter kühl. „Porti besaß jedenfalls einen bisher unbekannten Brief von Brahms an Clara Schumann. Das Schriftstück wurde aus Portis Hotelzimmer gestohlen. Porti hat den Dieb wohl erwischt und wurde erschlagen."
„Ein unbekannter Brief?", fragte der Doktor nach. „Was weiß man denn darüber?"
„Vorgestern hat sich Porti damit an die Presse gewandt. Schon sein Vater war ein begeisterter Sammler solcher Handschriften. Der Brief ist wohl in seinem eigenen Familienarchiv aufgetaucht, das sich in einem Schloss in der Toskana befindet."
„Ist er denn auch auf den Inhalt des Briefes eingegangen?"
„Allerdings." Reuter suchte eine Stelle in der Akte. Als er sie gefunden hatte, huschte ein Lächeln über sein Gesicht. „Was hier steht, passt genau zu dem, was Sie mir gerade erklärt haben. Er sagte, in dem Brief habe Brahms seine Liebe zu Clara Schumann gestanden und sogar erwähnt, dass eines von Robert Schumanns Kindern in Wirklichkeit von ihm war."
„Das heißt, es gäbe einen Hinweis, vielleicht sogar einen Beweis dafür, dass die Gerüchte stimmen. Der Hintergrund ist dieser: Es wird gelegentlich behauptet, der offizielle Schumann-Sohn Felix sei ein Kind von Brahms gewesen. Wenn man dafür einen Beweis hätte, wäre das eine Sensation und der Brief entsprechend wertvoll. Weiß man denn, auf welchen Wegen er in den Besitz der Porti-Familie gelangte?"
Reuter blätterte und trug eine andere Stelle vor. „Felix Schumann, der mit nur 24 Jahren starb, war wie Clara Schumann auch mit einem Vorfahren von Porti befreundet, der den Brief dann erbte. Der Brief entstand 1890. Brahms schrieb also eine Erinnerung auf. Es geht darum, dass er Felix Schumann in Neapel getroffen habe, wo der junge

Mann bis zu seinem frühen Tod lebte. Bei einer späteren Reise habe er nur noch dessen dortiges Grab sehen können. Jedenfalls hat sich Porti gestern mit Dr. Robert Strohschläger getroffen und ihm das alles genau dargelegt."

„Strohschläger?", unterbrach der Doktor. „Der Musikprofessor, der wegen Diebstahls im Gefängnis saß? Der Mann, der jahrelang über Schumanns Familie geforscht hat und dann kriminell wurde? Ich kenne ihn. Ich habe einmal einen Vortrag von ihm über Brahms' Italienreisen gehört."

Reuter nickte. „Er ist der eine Verdächtige. Der andere ist der Profi-Dieb Edwin Kedowsky. Wir haben einen Tipp bekommen, dass er in dem Hotel, in dem Porti wohnte, auf Beutezug gehen wollte. Ich muss dem Richter aber einen einzigen Verdächtigen präsentieren, sonst erhalte ich keinen Durchsuchungsbeschluss, mit dem wir den Brief und damit den Schuldigen finden können."

„Darf ich bitte mal an Ihren Computer?", fragte der Doktor unvermittelt. Reuter erlaubte es. Kurz darauf hatte der Doktor im Internet ein Foto gefunden. Es zeigte ein Grab auf einem offenbar alten Friedhof. Im Hintergrund waren verspiegelte moderne Wolkenkratzer zu sehen. Ein Banklogo war erkennbar. „Das ist das Grab von Felix Schumann", sagte der Doktor. „Kedowsky ist Ihr Mann. Er hat sicher keine Ahnung von der Schumann-Familie. Der Brief ist gefälscht."

Was macht Doktor Stradivari da so sicher?

Das Leipziger Alibi

„Ich kann meine Frau nicht ermordet haben“, sagte Martin von Behrenburg. „Ich war an dem Abend gar nicht in der Stadt. Ich befand mich mit meiner Freundin auf einer Reise.“

„Dass Sie sich mit Ihrer Frau überworfen haben, stimmt also?“, hakte der Kripo-Beamte nach.

Von Behrenburg seufzte. „Aber sicher. Ist das ein Verbrechen?“ Er legte die Hände auf die scharfen Bügelfalten seines Maßanzugs. „Ich gebe gerne zu, dass ich mich von meiner Frau getrennt habe. Aber getötet habe ich sie nun einmal nicht. Und soll ich Ihnen was sagen? Ich kann das sogar beweisen.“

„Da bin ich gespannt“, gab der Hauptkommissar zurück.

Von Behrenburg griff in die Innentasche seines Anzugs und brachte eine Brieftasche aus edlem Leder zum Vorschein. Er ließ sich Zeit, etwas darin zu suchen. Offenbar wollte er mit dem teuren Teil den Kripo-Beamten beeindrucken. Für so etwas war Reuter jedoch nicht empfänglich.

„Wir haben nicht den ganzen Tag Zeit“, drängte er.

Schließlich holte von Behrenburg ein Foto hervor. Es zeigte den Verdächtigen, der mit Hut und Mantel lächelnd vor einem Denkmal stand. Es war offenbar Winter, denn der Mantel war dick. Trotzdem herrschte an dem Tag, an dem das Bild entstanden war, sonniges Wetter.

„Ich weiß ja nicht, ob Sie dieses Denkmal kennen“, meinte von Behrenburg herablassend.

Der Hauptkommissar kannte es genau. Aber es war ihm lieber, dem Verdächtigen etwas Oberwasser zuzugestehen. Er wusste, dass Verhöre, in denen sich der Gesprächspartner als überlegen empfand, oft dazu führten, dass er einen Fehler machte. „Das ist eines der berühmtesten Musikerdenkmäler überhaupt", sagte von Behrenburg. „Es steht neben der Thomaskirche in Leipzig und stellt den Komponisten Johann Sebastian Bach dar. Jeder Musikkenner weiß, dass Bach an dieser Kirche als Kantor gewirkt hat. Sie ist der Schauplatz vieler Uraufführungen seiner Werke."

„Was Sie nicht sagen", entfuhr es dem Hauptkommissar. Von Behrenburg war schlau genug, die Ironie zu bemerken. Sein Gesicht verdüsterte sich. „Dieses Foto ist an dem Tag entstanden, an dem meine Frau starb. Es beweist, dass ich nicht am Tatort, sondern ganz woanders war. Ich kann es also nicht gewesen sein."

Der Hauptkommissar nahm das Foto entgegen. Die Digitalkamera hatte Datum und Uhrzeit in der unteren Hälfte automatisch eingeblendet. Demnach wurde es am 21. Dezember um 15:45 aufgenommen. Gegen 17 Uhr 30 wurde an diesem Tag Frau von Behrenburg ermordet – fast 400 Kilometer entfernt.

Reuter ließ von Behrenburg abführen. Dann rief er den Leipziger Wetterdienst an. Er erkundigte sich, welches Wetter an dem besagten Tag in der Sachsenmetropole geherrscht hatte. Die Antwort war eindeutig: Es hatte sonniges Wetter bis Einbruch der Dunkelheit gegeben. Die Leipziger hatten sich sogar über winterliches Abendrot freuen können. Am Tag vorher und einen Tag später hatte ähnliches Wetter geherrscht.

Reuter schüttelte nachdenklich den Kopf. So kam er nicht weiter. So nahm er eine Lupe aus dem Schreibtisch und untersuchte das Bild genauer. Von Behrenburg stand links unter der Figur des Komponisten, dessen Name, der in Metallbuchstaben auf dem Sockel stand, gut zu lesen war. Der Schatten der Statue ging zum Glück nach links weg, sodass Reuter im Hintergrund den Schaukasten erkennen konnte, der sich rechts neben dem Eingang der Kirche befand. Er versuchte zu lesen, was auf den Plakaten stand. In dem undeutlichen Schemen schien sich tatsächlich die Datumsangabe „Dezember" zu zeigen. Mehr nicht.

Der Hauptkommissar rief Doktor Stradivari an, der zwanzig Minuten später das Büro betrat.

„Ich bin so sicher, dass das Foto gefälscht ist", sagte Reuter. „Und das wäre ja auch ganz einfach zu machen. Man braucht nur die Zeitanzeige der Digitalkamera zu verändern. Leider dürfen wir das von Behrenburg aber nicht unterstellen. Wir brauchen einen anderen Beweis."

„Haben Sie mit der Freundin gesprochen, mit der er angeblich in Leipzig war?", fragte der Doktor.

„Sie bestätigt alles. Sie will ja auch dieses Foto hier aufgenommen haben."

„Wie sicher ist denn, dass von Behrenburg der Mörder ist?"

„Aus meiner kriminalistischen Sicht kommt nur er infrage. Er profitiert auch finanziell sehr davon, dass seine Frau tot ist."

Doktor Stradivari betrachtete das Foto. „Mit dem Bild stimmt tatsächlich etwas nicht", sagte er. „Wenn Sie den Verdächtigen damit konfrontieren, was ich entdeckt habe, gesteht er vielleicht."

Was meint Doktor Stradivari damit?

15

Ein Durcheinander mit CDs

„Ein Einbruch in ein Schallplattengeschäft?“, fragte Dr. Stradivari.
Hauptkommissar Reuter nickte. Er hatte den Doktor am Eingang des Präsidiums erwartet. Sie gingen zu den Vernehmungsräumen.
„Wir haben jemanden festgenommen, der die Tat sogar zugibt“, sagte er. „Ich möchte aber sicher sein, dass wir den Richtigen haben. Er heißt Kevin Schmitz. Er wohnt mit seinem Kumpel Lars Bergerhoff in einer WG. Beide kennen sich mit Musik aus, haben aber leider eine kriminelle Ader. Einer von den beiden ist in das Geschäft eingebrochen, hat CDs zusammengesucht und wurde überrascht. Die Beute blieb bei der Flucht auf der Straße liegen. Ein Zeuge hat den Täter bis zur Adresse der beiden verfolgt, aber nicht erkannt. Es könnte Kevin gewesen sein. Vielleicht deckt er mit seinem Geständnis aber auch Bergerhoff. Der hat nämlich noch eine Bewährungsstrafe.“
„Wie wollen Sie vorgehen?“, fragte Doktor Stradivari. „Sie können doch sicher wenig ausrichten, wenn Sie schon ein Geständnis haben?“
„Ich habe mir was überlegt. Wir arbeiten mit psychologischen Methoden. Schmitz ist ein ziemlich arroganter Typ. Er behauptet, die CDs, die ihn interessieren, ganz bewusst schon vor der Tat ausgewählt zu haben. Er liest regelmäßig Fachmagazine und gibt sehr mit seinem Wis-

sen über Musik an. Wenn er es also war, muss er genau sagen können, welche Beute er gemacht hat."

Sie gingen hinein. „Ich habe Ihnen doch gesagt, dass ich es war", rief Schmitz sofort ungehalten. „Lars hat damit nichts zu tun."

„Soll ich Ihnen was sagen?", sagte Reuter und ließ sich in einen Stuhl hinter dem Schreibtisch fallen. „Ich glaube Ihnen nicht. Sie sind doch ein ganz kleines Licht. Sie haben sicher gar keine Ahnung, in was für einen Laden Sie da eingebrochen sind."

Schmitz beachtete Doktor Stradivari gar nicht, der jetzt genau sehen konnte, wie der angebliche Einbrecher rot im Gesicht wurde. Es dauerte nur zwei bis drei Sekunden, da schien etwas in ihm zu explodieren. „Sie und Ihr kleines Beamtenhirn", schrie er. „Haben Sie überhaupt jemals eine Sinfonie gehört? Können Sie überhaupt ein Klavier von einer Trompete unterscheiden? Haben Sie eine Ahnung davon, wie schön klassischer Gesang sein kann? Sie Paragraphenreiter, Sie ... "

Hauptkommissar Reuter ließ die Beleidigungen an sich abprallen. Er hatte Schmitz jetzt da, wo er ihn haben wollte. „Sie behaupten also, genau zu wissen, welche CDs Sie da stehlen wollten?", fragte er.

Kevin Schmitz hatte sich wieder abgeregt und grinste frech. „Habe ich Ihnen das nicht eben klargemacht? Ich bin doch ein Kenner."

Der Beamte holte ein Blatt hervor, dessen beschriftete Seite er vor dem Verdächtigen verbarg. Doktor Stradivari wusste, was das war. Es handelte sich um die Liste mit dem Diebesgut. „Also gut", sagte er. „Dann lassen Sie doch mal hören."

„Die Brahms-Sinfonien, dirigiert von Daniel Barenboim", begann Schmitz herunterzuleiern. „Das neue Album von

Philippe Jaroussky, dem Countertenor. Es heißt ‚Vanità del Mondo'. Übrigens das erste Beispiel für meine besondere Vorliebe: klassische Stimmen. Sämtliche Klaviersonaten von Beethoven mit Rudolf Buchbinder. Die Goldberg-Variationen, gespielt von Glenn Gould. Natürlich die späte Aufnahme von 1981."

„Sie haben Geschmack", lobte Doktor Stradivari.

Erst jetzt schien Schmitz ihn zu bemerken. „Natürlich", sagte er selbstbewusst. „Und das ist noch nicht alles. Ich bin ein großer Fan von Kirchenmusik."

Ein Geräusch vom Schreibtisch her unterbrach ihn. Es war Reuter, der ein Lachen unterdrückte. Stradivari konnte sich vorstellen, was ihn erheiterte. Ein Dieb, der für Kirchenmusik schwärmte ...

„Glauben Sie mir nicht?", rief Schmitz ungehalten. „Schauen Sie nur auf Ihren verdammten Zettel. Schuberts Ave Maria – eines der schönsten Kirchenwerke überhaupt. Sie finden in der Liste die Aufnahme mit Leslie Howard. Wieder ein Beispiel für eine wunderbare Stimme. Und dann natürlich Bachs h-Moll-Messe unter William Christie, Beethovens Missa solemnis unter Nikolaus Harnoncourt. Reicht das jetzt?

Reuter warf dem Doktor einen fragenden Blick zu. Stradivari gab dem Beamten ein Zeichen, dass er ihn unter vier Augen sprechen wollte.

„Es stand alles auf der Liste", sagte Reuter im Nebenraum.

„Ja, er hat es ganz gut auswendig gelernt. Aber ganz so gut, wie er vorgibt, kennt er sich doch nicht aus. Ich halte ihn nicht für den Täter."

Was hat Stradivari stutzig werden lassen?

16

Schumanns Geist

„‚Geistervariationen'", sagte Hauptkommissar Reuter. „Was soll das denn bedeuten? Ich bin sicher, Sie wissen es, Herr Doktor, oder?"

„Aber natürlich", sagte Stradivari. „Es handelt sich dabei um ein Klavierwerk von Robert Schumann, den ja bekanntlich eine Geisteskrankheit quälte. Der Komponist soll an diesem Werk gearbeitet haben, als er aufstand, zum Rhein lief und sich hineinstürzte. Zum Glück wurde er gerettet."

„Und weil er geistig umnachtet war, entstand der Titel?", fragte Reuter nach.

„Nein, Schumann hat sich eingebildet, die Geister von Mendelssohn und Schubert hätten ihm das Thema des Werkes eingeflüstert. Nach einer anderen Version der Geschichte sollen es Engel gewesen sein. Haben Sie mich kommen lassen, um Ihnen das zu erklären?"

„Auch, lieber Doktor. Dieses Werk spielt eine Rolle in meinem neuen Fall."

„Waren Geister im Spiel?"

Der Hauptkommissar lächelte. „Ich hoffe nicht. Denn dann wäre unsere kriminalistische Kunst am Ende. Nein, es geht um eine Einbruchserie. Der Täter hat die Marotte, vor seinen Taten das betreffende Haus zu beobachten und dabei klassische Musik im Autoradio zu hören. Im jüngsten Fall ließ er dabei die Scheibe offen. Eine Zeugin, die gerade vorbeikam, konnte die Musik hören. Sie sah später, wie der Mann ausstieg und sich am Nachbarhaus zu schaffen machte. Sie rief die Polizei an. Die Kollegen fanden den Wagen. Er hatte ein gestohlenes Kennzeichen, das über das echte montiert war. Im Autoradio war noch ein Klassiksender eingestellt."

„Dann haben Sie ja die entscheidende Spur."

„Eben nicht! Die Zeugin schwört Stein und Bein, dass aus dem Auto ein Klavierstück drang, das sie kurz zuvor im Konzert gehört hatte. Sie kam gerade von dort. Hier ist das Programmheft."

Der Doktor sah es sich an. Es war ein Klavierabend mit Werken zu vier Händen gewesen. Schubert war erklungen, dazu Mozart und Brahms. „Und was stimmt daran nicht?", fragte der Doktor.

„In der infrage kommenden Zeit lief auf keinem Radiosender eines dieser Werke. Wir haben das genau überprüft."

„Was kam stattdessen auf dem Sender, der in dem Auto eingestellt war?"

„Eben Schumanns ‚Geistervariationen'. Die aber in dem Konzert nicht vorkamen. Es ist zum Verrücktwerden. Dieses Detail kann dazu führen, dass wir keinen Haftbefehl bekommen."

„Ich denke doch", sagte Stradivari nach kurzem Überlegen. „Sie haben alle Informationen, die Sie brauchen. Der verdächtige Wagen ist das Fluchtauto des Einbrechers. Die Zeugin hat sich nicht geirrt."

„Das verstehe ich nicht, Herr Doktor!"

„Denken Sie mal an den Fall neulich, wo es auch um Brahms gegangen war ..."

Wie ist Doktor Stradivari zu dieser Erkenntnis gekommen?

17

Rätsel um Beethoven

Doktor Stradivari hatte etwas länger geschlafen als sonst. Als er aufstand, tönten ihm immer noch die Klänge von Tschaikowskys „Nussknackersuite“ in den Ohren, die er am Abend zuvor in einem Konzert hatte genießen können. Er gönnte sich ein ausgiebiges Frühstück. Gerade als er seine zweite Tasse Kaffee getrunken hatte, riss ihn das Telefon aus der Erinnerung an das Konzerterlebnis. Es war Hauptkommissar Reuter, der ihn anrief. Er bat Doktor Stradivari, ins Präsidium zu kommen. „Es ist leider ziemlich dringend“, fügte der Kripobeamte hinzu.

Eine gute halbe Stunde später betrat Doktor Stradivari Reuters Büro. Auf dem Besucherstuhl vor dem Schreibtisch saß eine elegante, schwarz gekleidete ältere Dame, die dem Doktor vage bekannt vorkam. Reuter hatte sich gerade erhoben, um die beiden einander vorzustellen, da fiel Doktor Stradivari der Name ein.

„Frau von Goldbach“, sagte er. „Sie sind die Mutter des bekannten Musikwissenschaftlers Erwin von Goldbach. Ich habe vor einigen Monaten einen sehr interessanten Vortrag Ihres Sohnes über Beethoven gehört.“

„Ich erinnere mich an Sie“, sagte die Dame. „Doktor Stradivari, richtig? Der Musikexperte, der nebenbei Kriminalfälle löst ...“

„Nur wenn sie mit Musik zu tun haben“, meldete sich der Hauptkommissar zu Wort. Dann erklärte er, worum es ging.

Erwin von Goldbach war offenbar entführt worden. Die Mutter des Musikwissenschaftlers hielt Stradivari ein Handy entgegen. „Hier ist eine Nachricht von seinem Telefon. Er schreibt, dass Unbekannte ihn in seiner Gewalt haben und dass weitere Informationen wegen einer Geldübergabe folgen." Sie seufzte. „Erst der plötzliche Tod meines Mannes voriges Jahr, und nun das."

„Könnte es nicht sein, dass sich da jemand einen bösen Scherz erlaubt?", fragte Reuter.

Frau von Goldbach schüttelte betrübt den Kopf. „Ich fürchte nicht. Wahrscheinlich wissen die Täter, dass wir gerade zu sehr viel Geld gekommen sind. In unserer Familie gab es seit Generationen einen originalen Brief, den Beethoven 1816 an seinen Schüler Carl Czerny geschrieben hat. Wir haben ihn vor einem Monat in London versteigert."

„Der Brief gehörte Ihnen?", wunderte sich der Doktor. „Ich habe darüber gelesen ..."

„Er brachte fünf Millionen Euro", sagte Frau von Goldbach.

Reuter nickte Stradivari zu. „Erlauben Sie", sagte er zu der Dame, „dass wir uns kurz besprechen."

Die beiden Männer gingen auf den Flur.

„Hoffen wir, dass es wirklich der junge Herr von Goldbach ist, von dem die Nachricht stammt. Und nicht einer der Täter, der Goldbachs Handy bedient", sagte der Hauptkommissar.

„Welche Rolle spielt das denn?", wollte Doktor Stradivari wissen.

„Wenn er es selbst ist, können wir durch Ortung des Handys herausfinden, wo sich der Entführte aufhält. Das wäre eine wichtige Information. Was für ein Typ ist dieser Erwin von Goldbach? Ich meine, wie ist sein Charakter?"

„Nun ja ..." Der Doktor überlegte. „Er ist gerade Professor für Musikwissenschaft in Zürich geworden. Und das sicher auch deswegen, weil er sehr penibel ist. Er gilt als der beste Beethoven-Forscher überhaupt und duldet nicht die kleinste Ungenauigkeit über den Komponisten. Er hat alle Daten, die in Beethovens Leben eine Rolle spielen, überprüft. Vieles, was lange als wissenschaftlich gesichert galt, hat sich durch seine Forschung als unhaltbar erwiesen. Wissen Sie was? Ich glaube, ich kann herausfinden, ob er selbst das Handy bedient oder nicht. Welches Datum haben wir heute?"

„Den 17. Dezember. Wieso ist das wichtig?"

Der Doktor lächelte. „Können Sie sich das nicht denken?" Er nahm Frau von Goldbachs Telefon, das sie mit hinausgenommen hatten, und schrieb eine Antwort auf die Mitteilung über die Entführung. *Hier schreibt ein Freund Ihrer Mutter, tippte er. Die Entführer haben sich ja mit dem heutigen Geburtstag Beethovens den richten Tag ausgesucht,* schrieb er. Dann bat er von Goldbach, drei Dinge zu schreiben: das Jahr der Uraufführung von Beethovens Neunter, die Opuszahl des fünften Klavierkonzerts und die Tonart der ersten Sinfonie.

„Das kann man doch alles im Internet erfahren", sagte Reuter. „Wir müssen nach etwas anderem fragen. Was nur er wissen kann."

„Das ist nicht nötig."

Die Antwort kam nach ein paar Minuten. *Mit dem Tag haben Sie recht. Beethovens Geburtstag hätte ich gerne anders verbracht. Die Antworten: 1824, 73, C-Dur.*

„Hoffen wir, dass Herr von Goldbach wohlauf ist", sagte der Doktor. „Wer auch immer mir hier geantwortet hat, er war es nicht."

Woher weiß Doktor Stradivari das?

18

Mord bei düsterem f-Moll

„Bitte kommen Sie in die Blankenburgstraße 24“, sagte Hauptkommissar Reuter am Telefon. „Diesmal handelt es sich um einen Mordfall.“ Doktor Stradivari, der selbst nicht Auto fuhr, nahm ein Taxi, das ihn zu der genannten Adresse brachte.

Es war ein mehrstöckiges Stadthaus aus der Gründerzeit. Auf der Straße vor dem Eingang standen mehrere Polizeiwagen. Ein uniformierter Beamter erkannte den Doktor und brachte ihn zu einer Wohnung im dritten Stock.

„Kommen Sie bitte durch ins Wohnzimmer“, rief Hauptkommissar Reuter, der Doktor Stradivari durch mehrere offene Türen hindurch gesehen hatte.

Dort angekommen, fiel Stradivari sofort der riesige Fernseher auf, der den Raum beherrschte. Auf dem Bildschirm war eine im Gesang erstarrte Sopranistin zu sehen. Hinter ihr saß ein Streicherensemble. Die Kante einer Truhenorgel ragte ins Bild.

„Das ist die Wiedergabe aus einer Mediathek, die genau an dieser Stelle angehalten wurde“, erklärte der Hauptkommissar. Er deutete auf einen Blutfleck auf dem hellen Teppich. „Und hier hat das Opfer gelegen. Robert Ganter. Ein bekannter Dirigent.“

Doktor Stradivaris Blick schweifte über Regale mit Noten. Hinter einem breiten Durchgang gab es ein Musikzimmer, in dem ein schwarz glänzender Flügel stand. Eine Partitur lag auf dem Notenhalter.

„Was ist denn das für eine Aufnahme auf dem Fernseher?“, fragte er.
„Am besten, Sie sehen es sich an.“ Reuter nahm die Fernbedienung vom Tisch, die offenbar schon von der Spurensicherung untersucht worden war, und drückte auf „Play“. Die Sängerin ließ auf einige lateinische Silben und ein paar Töne verhauchen. Stradivari kannte den Text und er erkannte auch sogleich das Werk. Es war die Textstelle „dum emisit spiritum“, die aus dem Mund der Sängerin kam. Die Streicher tupften dazu eine todtraurige Schlusswendung in f-Moll. „Das ist das ‚Stabat Mater‘ von Giovanni Battista Pergolesi“, sagte der Doktor. „Ein berühmtes Sakralwerk. Pergolesi wurde noch lange nach seinem Tod bewundert, seine Musik galt noch späteren Generationen als mustergültig. Er ist nur 26 Jahre alt geworden, hat aber eine Fülle an Werken hinterlassen.“
Reuter nickte und stoppte die Wiedergabe. „Alles passt zusammen. Der Fall ist gelöst.“
Der Doktor lächelte. „Könnten Sie mir bitte erklären, welchen Fall ich gelöst habe, ohne es zu wissen?“
Der Beamte deutete auf den Monitor. „Die Sängerin ist Irina Lamontagna, eine aufstrebende Sopranistin. Sie ist, das heißt, sie war mit dem Geigenvirtuosen Hanno Waldmann verlobt, dem ebenfalls eine große Karriere bevorsteht.“
„Der Sohn des Organisten Anton Waldmann?“, fragte Stradivari. Reuter nickte. Auch der Name Lamontagna sagte dem Doktor etwas. „Die Dame ist vor Kurzem umgekommen, oder nicht? Bei einem Verkehrsunfall.“
„Ganz genau. Und verursacht hat diesen Unfall Robert Ganter. Das Mordopfer. Man nimmt an, dass er mit der jungen Frau gerade auf dem Weg in ein Hotel war. Der Maestro hat sich nämlich gelegentlich mit seinen Sängerinnen auch privat getroffen. Nachdem er sie in gewisser

Weise unter Druck gesetzt hat, wenn Sie verstehen, was ich meine. Ganter ist aber dafür nie belangt worden, weil er gute Anwälte hatte."

„Und wer hat nun den Mord begangen?", wollte der Doktor wissen.

„Anton Waldmann. Er hat es selbst zugegeben. Wir mussten nur das Geständnis überprüfen. Er sagt, er habe Ganter hier in dessen Wohnung damit konfrontieren wollen, welches Talent die Welt mit Irina Lamontagna verloren hat. Er sagt, er habe ihn gezwungen, sich hinzusetzen und sich die hochemotionale Aufnahme anzusehen. Er wollte ihm das ganze Werk vorspielen, wollte ihm verdeutlichen, welches Drama er verursacht habe. Waldmanns Sohn wurde nämlich durch den Verlust seiner Verlobten depressiv und gibt erst mal keine Konzerte. Sein Vater sagt, er habe es nach dem ersten Duett nicht bis zum Schluss der ersten Sopranarie geschafft. Ganter habe alles ins Lächerliche gezogen. Und so habe Waldmann ihn schon vor dem Schluss der ersten Arie in einem Wutausbruch niedergeschlagen. Mit einer Mozartbüste. Die Kollegen haben sie mitgenommen. Sie ist nicht schwer. Waldmann hat damit zuschlagen können, auch mit seinen 78 Jahren."

„Haben Sie noch andere Spuren?"

„Leider nicht."

„Ich glaube nicht, dass es Anton Waldmann war", erklärte Stradivari. „Eher sein Sohn."

„Und warum das falsche Geständnis?"

„Sicher wollte er verhindern, dass seinem Sohn die Karriere verbaut wird."

Was hat Doktor Stradivari an Anton Waldmanns Schuld zweifeln lassen?

19

Süßmayrs Tod

„Der Tote hieß Süßmayr?“, fragte Doktor Stradivari verwundert. „Sie wissen, dass der Name eng mit der Biografie von Wolfgang Amadeus Mozart verbunden ist? Vor allem mit dessen Requiem ...“

Der Hauptkommissar saß an seinem Schreibtisch und sah Doktor Stradivari an. Dabei schwieg er vielsagend. Nach ein paar Sekunden der Stille umspielte ein Lächeln sein Gesicht.

„Jetzt sagen Sie nur noch, dass es in Ihrem aktuellen Fall um das berühmte Requiem geht.“

„Sie sind für mich nicht nur ein verlässlicher Helfer, der mir stets zur Seite steht, wenn es in meinen Fällen um Musik geht“, sagte der Hauptkommissar. „Sie sind viel mehr. Durch Sie habe ich eine Menge über die Musik gelernt. Und daher weiß ich natürlich, wer Franz Xaver Süßmayr war. Um 1790 herum, also kurz vor Mozarts Tod, war er dessen Schüler. Besonders berühmt ist sein Name in Verbindung mit Mozarts unvollendetem ‚Requiem‘ geworden, das er zu Ende schrieb.“

„Und nun haben Sie in einem Fall einen Toten, der ebenfalls Süßmayr hieß.“

„Genau wie der Meisterschüler. Süßmayr ohne e. Er hieß mit Vornamen aber nicht Franz Xaver, sondern Theo. Er hat sich selbst für einen Nachfahren gehalten und sich als Hobby-Musikhistoriker betätigt. Als solcher hatte er eine sehr eigenwillige Theorie. Er glaubte nämlich, dass Mozart das Werk doch vollendet und die Partitur verkauft hat. Theo Süßmayr hat es sich zur Aufgabe gemacht, diese zu finden. Dass alle Welt glaubt, das Werk sei unvollendet, soll die Schuld von Mozarts Witwe Konstanze gewesen sein. Sie habe angeblich das Gerücht in die Welt gesetzt, dass ..."

„Aber ich bitte Sie", unterbrach ihn der Doktor. „Es gibt genug Gerüchte über das Requiem. Ich habe keine Lust, ein weiteres zu hören. Dass Mozart es unvollendet zurückließ und sein Schüler daran weitergearbeitet hat, wird von keinem ernsthaften Wissenschaftler bestritten. Was genau haben wir denn nun?"

„Also gut." Reuter konzentrierte sich auf seine Akten. „Theo Süßmayr war in Wien. Dort hat er in einer Privatsammlung genau den Fund gemacht, den er machen wollte. Er hat einen Teil des Requiems, den noch niemand in Mozarts Fassung kennt, entdeckt."

„Tatsächlich?" rief der Doktor verblüfft.

„Haben Sie mir nicht selbst immer wieder gesagt, dass wissenschaftliche Erkenntnisse nur so lange gültig sind, bis jemand eine neue Entdeckung macht? Offenbar müssen die Bücher über das berühmte Werk neu geschrieben werden."

„Es würde mich freuen, wenn Sie mir mehr darüber berichten könnten", sagte der Doktor säuerlich.

„Was er darüber herausgefunden hat, hat Theo Süßmayr in sein elektronisches Tagebuch eingetragen. So ein Kirchenwerk besteht ja aus mehreren Sätzen, und die wurden oft einzeln überliefert. Und daher kann es sein, dass die einzelnen Teile in alle Winde verstreut wurden und sich dann in verschiedenen Archiven oder sonst wo wiederfinden."

„Das ist mir bekannt", sagte Doktor Stradivari kühl.

„Am Abend nach der Rückkehr aus Wien erhielt er jedenfalls gegen acht Uhr Besuch von Professor Ritter, einem renommierten Musikwissenschaftler, der seit Jahrzehnten ebenfalls über das Requiem forscht. Zwischen halb neun und halb zehn wurde Süßmayr in seinem Arbeitszimmer erschossen. Seine Frau fand die Leiche um kurz nach zehn. Ritter war nicht mehr da. Wir glauben, dass er Süßmayr getötet und die Noten mitgenommen hat. Der Fund ist ja auch eine Sensation."

„Wenn es ihn gibt, sicher. Wurde die Partitur denn bei Ritter gefunden?"

„Sie zweifeln daran?", fragte Reuter. „Nein, nur die Tatwaffe ist aufgetaucht. In Ritters Garten."

Doktor Stradivari überlegte. „Sie sprachen gerade über ein elektronisches Tagebuch. Was ist denn dort zu lesen?"

Der Hauptkommissar las vor: *Ich bin fündig geworden! Der Abschnitt Gloria in excelsis! D-Dur! Mit Bassetthörnern! Die typische Mozart-Instrumentation! Hurra!*

Stradivari runzelte die Stirn. „Bassetthörner sind besondere Klarinetten. Mozart hat sie tatsächlich schon am Beginn des Werkes besetzt. Eine andere Frage: Was wissen Sie über Süßmayrs Ehefrau?"

„Sie hat das Geld in die Ehe gebracht und die Hobby-Forschungen finanziert. Sie hielt aber nichts davon. Sie versteht wohl wenig von Musik. Die Ehe lief nicht gut."

„Auch sie hätte also ein Motiv gehabt. Vergessen Sie die angebliche Partitur. Konzentrieren Sie sich auf sie. Ein elektronisches Tagebuch kann man leicht fälschen."

Warum hält Doktor Stradivari die Ehefrau für verdächtiger als Professor Ritter?

20

Nachts im Museum

Der Heilige Abend näherte sich mit Riesenschritten. Und mit jedem Tag der Adventszeit gab es neue Konzerte, von denen Doktor Stradivari etliche besuchte. Bachs berühmtes „Weihnachtsoratorium“ hatte er gehört, aber auch Musik von Heinrich Schütz, er war in einer Aufführung des Balletts „Der Nussknacker“ von Peter Tschaikowsky gewesen, dessen Handlung ja in der Weihnachtsnacht spielte. Sogar eine Aufführung von Carl Orffs für Kinder komponierte „Weihnachtsgeschichte“ am Nachmittag des dritten Advents hatte sich der Doktor nicht entgehen lassen und sich über die Darbietung der jungen Musikerinnen und Musiker gefreut.

Nun stand aber noch etwas ganz Besonderes bevor. Im Musikinstrumentenmuseum der Stadt sollte es ein außergewöhnliches Weihnachtskonzert geben, in dem die Musik ausschließlich mit Originalinstrumenten der Barockzeit gespielt werden würde. Es sollten keine Nachbauten zum Einsatz kommen, sondern sechs sehr alte Streichinstrumente, eine historische Laute und der Star unter den Ausstellungsstücken: eine etwa 300 Jahre alte originale Orgel.

Am Morgen vor dem Konzert erhielt Doktor Stradivari einen Anruf von Hauptkommissar Reuter. „Sie wollten doch auch heute Abend in das Konzert im Musikinstrumentenmuseum gehen?“, fragte er.

„Wenn Sie so fragen, ist sicher etwas passiert“, sagte der

Doktor. „Sagen Sie nicht, einer der Mitwirkenden ist umgekommen …"
„Nein, nein, so schlimm ist es nicht. Aber es hat wohl heute Nacht einen Einbruch in dem Museum gegeben. Die Sache ist rätselhaft, da es keine Einbruchsspuren gibt. Es wurden einige wertvolle Stücke gestohlen, aber zum Glück keines von den Instrumenten, die heute Abend in dem Konzert zum Einsatz kommen."
„Keine Einbruchsspuren? Dann war wohl ein Museumsbediensteter der Täter?"
„Darüber habe ich mich mit dem Direktor eben ausführlich unterhalten. Er legt für jeden seiner Leute die Hand ins Feuer. Leider gibt es in dem Museum nachts keine Wache. Und mit Kameras ist es auch nicht besonders gut ausgestattet. Immerhin haben wir eine Zeugin."
„Hat sie den Täter beobachtet?"
„Nein, das auch wieder nicht. Sie ist nachts am Museum vorbeigegangen, weil sie ihren Hund ausführte. Dabei hat sie Orgelmusik gehört. Jemand hat mitten in der Nacht auf dem alten Instrument gespielt. Wir haben schon herausgefunden, wer. Es war Marsilius Brenner."
„Der Organist, der auch heute Abend spielen wird", stellte Doktor Stradivari fest.
„Wir haben ihn natürlich befragt. Er sagt, er sei so sehr in dieses alte Instrument verliebt, dass er am liebsten jede Minute daran verbringen würde. Er ist am Abend noch bei dem Museumsdirektor gewesen und hat ihn überredet, ihm den Schlüssel zu geben. Wahrscheinlich hat sich dabei jemand reingeschlichen. Oder jemand hat Brenner später in der Nacht den Schlüssel entwendet …" Doktor Stradivari hörte, wie der Hauptkommissar mit Papier raschelte. „Das kann aber auch wieder nicht sein. Brenner hat den Schlüssel, wie abgemacht, bei dem Direktor in den Briefkasten

geworfen. Erst heute Morgen sind die Diebstähle aufgefallen. Und Brenner schwört Stein und Bein, dass er damit nichts zu tun hat. Ehrlich gesagt, glaube ich ihm auch. Er ist der Typ, der völlig in seiner Musik aufgeht und nicht die geringste kriminelle Energie hat. So ein zerstreuter Professor im Alltag, aber hoch konzentriert, wenn es um seine Sache geht."

Doktor Stradivari hatte während des Telefonats die Broschüre, in der das Konzert angekündigt wurde, von seinem Sekretär genommen, und die Texte darin überflogen. Dabei erfuhr er, dass die Orgel, die im Museum stand, aus einer Dorfkirche stammte und hier wieder original aufgebaut worden war – als Musterbeispiel dafür, wie früher diese Instrumente klangen und wie sie funktionierten. Es gab kein einziges modernes Detail daran.

„Was die kriminelle Energie bestimmter Menschen betrifft, kann man sich auch irren", sagte Doktor Stradivari.

„Da haben Sie recht", sagte Reuter. „Aber in dem Fall verlasse ich mich auf mein kriminalistisches Gespür. Brenner mag ein bisschen schusselig sein, wie man so sagt. Vielleicht hat er nicht richtig auf den Schlüssel aufgepasst, aber ein Dieb ist er nicht. Er sagt, er hat alleine eine Stunde um Mitternacht herum Orgel gespielt."

„Alleine, sagte er? Nun ja ..." Der Doktor machte eine bedeutungsvolle Pause. „Wenn er kein Dieb ist, ist er zumindest ein Lügner. Er war heute Nacht keinesfalls alleine im Museum. Und das wusste er auch."

Woher könnte Doktor Stradivari das wissen?

21

Verdis Quartett

Hauptkommissar Reuter und Doktor Stradivari standen vor einem Schaufenster, in dem alte Bücher und Noten ausgestellt waren. Über dem Eingang stand in großen Buchstaben „Antiquariat Konradi“.
„Es hat hier gestern einen Einbruch gegeben“, sagte Reuter. „Ich frage mich, ob dabei alles mit rechten Dingen zuging.“
„Bei Einbrüchen geht es selten mit rechten Dingen zu, oder?“, brummte Stradivari, der nicht besonders gut gelaunt war. In einer knappen Stunde begann ein Chorkonzert mit den selten gespielten „geistlichen Stücken“ von Giuseppe Verdi, auf das er sich schon seit Wochen freute. Der Doktor hatte dafür sogar extra seine Kenntnisse über den italienischen Komponisten aufgefrischt und einige Bücher über ihn gelesen. Verdi war ja vor allem als Opernkomponist in die Musikgeschichte eingegangen. Und doch hatte er auch auf anderen Gebieten Fantastisches geleistet. So mit den „Quattro pezzi sacri“ oder auch dem berühmten Requiem.
Auf keinen Fall würde der Doktor es zulassen, dass er wegen Hauptkommissar Reuters neuestem Fall die Aufführung verpasste. Was Doktor Stradivari in diesem Moment noch nicht ahnte: Auch dieser Fall hatte etwas mit einer außergewöhnlichen Komposition von Giuseppe Verdi zu tun.
„Ich weiß, dass Sie es eilig haben“, versuchte der Hauptkommissar zu beschwichtigen. „Aber Sie verstehen, was

ich meine. Wir haben es in diesen Fällen so oft mit Betrug zu tun. Und ich wäre Ihnen dankbar, wenn wir das jetzt hinter uns bringen könnten."

„Entschuldigen Sie meine Ungeduld", sagte Doktor Stradivari. „Aber wenn Sie wüssten, was mir das Konzertereignis heute Abend bedeutet ..."

„Also verlieren wir keine Zeit und gehen wir hinein", drängte der Hauptkommissar.

Drinnen empfing Sie der Chef, Herr Konradi persönlich. Er war ein nervöser Glatzkopf, der ständig den Kopf schüttelte, als ob er selbst nicht glauben konnte, was ihm widerfahren war. „Wie ich den Kollegen schon gesagt habe, Herr Hauptkommissar. Die Diebe müssen durch den Hintereingang eingedrungen sein. Bargeld haben sie nicht finden können. Ich lasse nie Geld über Nacht im Laden. Dafür wurden aber wertvolle Dinge gestohlen."

„Bücher?", fragte Dr. Stradivari.

„Auch. Eine Erstausgabe von Albert Schweitzers Werk über Johann Sebastian Bach von 1908. Eine Schellack-Schallplatte, auf der Rachmaninoff sein drittes Klavierkonzert spielt. Und außerdem das hier ... Ich habe zum Glück ein Foto davon gemacht."

Stradivari und Reuter wechselten einen Blick. So etwas kannten sie schon. Angeblich bestohlene Antiquare, die ein Foto von etwas Wertvollem aus der Beute vorlegten.

Konradi hielt Stradivari und Reuter ein Handy hin. Soweit der Doktor auf dem kleinen Display etwas erkennen konnte, handelte es sich um ein Konzertplakat. In altertümlicher Schrift wurde ein Werk von Giuseppe Verdi angekündigt. Ein Streichquartett. Darunter stand in etwas kleineren Lettern „Società del Quartetto", und es gab eine Ortsangabe: „Firenze", also Florenz. Das Datum lautete „13 Ottobre 1873". Das Prägnanteste war ein wild hinge-

worfener Schriftzug, der quer über das Plakat verlief, und den Stradivari als Signatur von Giuseppe Verdi erkannte.
„Sie können sich vorstellen, wie kostbar dieses Plakat ist", sagte Konradi. „Vor allem, wo es diese Signatur trägt."
„Worum geht es hier?", fragte der Kommissar. „Ich dachte, Verdi war ein Opernkomponist? Wieso steht da was von einem Quartett?"
Der Doktor konnte mit seinem aufgefrischten Wissen über Verdi punkten. „Der Opernmaestro hat im Frühjahr 1873 ein Streichquartett geschrieben", erklärte er. „Eigentlich geschah es mehr aus Zufall. Oder auch Langweile, wie Sie wollen. Verdi war gerade wegen Opernproben in Neapel. Eine Sängerin wurde unpässlich. Die Proben wurden unterbrochen. So hat er sich die Zeit vertrieben und ein Streichquartett komponiert. Eigentlich mehr für sich selbst. Finanziell war das nicht besonders lukrativ. Im Opernland Italien wurde damals Kammermusik nicht besonders geschätzt. Die hier vermerkte Quartettgesellschaft in Florenz versuchte das zu ändern."
„Genau", sagte Konradi. „Das Plakat ist ein einzigartiges musikhistorisches Dokument ..."
„... das aber sicher nicht bei Ihnen im Laden gelegen hat", unterbrach ihn Stradivari scharf. „Sie machen uns hier ganz schön was vor, Herr Antiquar!"

Was gibt Doktor Stradivari Anlass für diesen Vorwurf?

22

Der verschwundene Organist

Doktor Stradivari wollte sich gerade für den bevorstehenden Konzertbesuch die Krawatte binden, als Kommissar Reuter bei ihm klingelte.
„Es tut mir leid, aber ich brauche Ihre Hilfe". Doktor Stradivari bat den Beamten herein. Während er sich in aller Ruhe vor dem Garderobenspiegel dem Windsor-Knoten widmete, berichtete Reuter, worum es ging.
„Eberhard Feinsteg, ein Musiker, ist in Drogengeschäfte verstrickt. Einer der großen Bosse hat davon Wind bekommen und einen Killer auf ihn angesetzt. Wir brauchen Feinsteg als Zeugen, aber er ist verschwunden. Wir können ihn leider nicht erreichen. Es ist wie verhext." Sein Handy gab eine Schlagermelodie von sich, die Stradivari zusammenzucken ließ. „Was Ihren Klingelton betrifft, hätte ich Ihnen mehr Geschmack zugetraut", sagte er zu dem Kripo-Beamten.
„Entschuldigung ..." Reuter nahm den Anruf an und führte ein kurzes Gespräch. „Das war eine Kollegin aus dem Präsidium", sagte er dann. „Sie hat sich in Feinstegs Bekanntenkreis umgehört. Er hat die Angewohnheit, sich vor Konzerten völlig abzuschotten und nicht ans Telefon zu gehen. Es scheint aber so zu sein, dass er nicht weit weg ist. Er hat in der Umgebung hier einen Auftritt."
„Aber dann kann es doch nicht so schwer sein, ihn zu finden", meinte der Doktor. „Das schaffen Sie doch ganz leicht ohne meine Hilfe. Suchen Sie seinen Namen im

Internet. Dort stehen doch alle Konzertprogramme mit den Mitwirkenden."

„Was glauben Sie, was meine Kollegin gerade getan hat?", brummte der Hauptkommissar leicht verärgert. „Es ist nichts dabei herausgekommen."

„Also gut", seufzte Doktor Stradivari und sah auf die Uhr. „Ein paar Minuten habe ich noch Zeit. Gehen wir ins Wohnzimmer. Welches Instrument spielt dieser Feinsteg überhaupt?"

„Orgel", informierte ihn Reuter.

„Ein Organist ist in Drogengeschäfte verwickelt?", staunte der Doktor. „Was sind das für Zeiten ..."

„Ich glaube, ich habe mich da falsch ausgedrückt. Ich meine nicht, dass er selbst straffällig geworden ist. Wie gesagt, er ist ein Zeuge." Reuters Gesicht bekam einen besorgten Ausdruck. „Ehrlich gesagt, geht es auch darum, ihn zu schützen. Wir müssen ihn unbedingt finden, bevor ..." Er machte eine bedeutungsvolle Pause. „Na ja, Sie wissen schon", sagte er dann. „Jedenfalls telefoniert meine Kollegin gerade sämtliche Kirchen und Veranstalter von Kirchenkonzerten ab, um ihm auf die Spur zu kommen."

„Wo ist er denn zuletzt aufgetreten?", fragte der Doktor.

Reuter nahm sein Handy, wo er wohl einige Notizen gespeichert hatte. „Vorgestern hat er hier in der St.-Georgs-Kirche gespielt. Ein großes Programm mit Musik von Johann Sebastian Bach, Max Reger und César Franck. Und ob Sie es glauben oder nicht, bis nächste Woche gibt es kein einziges Orgelkonzert in der Gegend."

„Aber es ist sicher, dass er nicht weit weg gereist ist?", fragte der Doktor nach.

„Meine Kollegin ist sich sicher. Jemand hat Feinstegs Wagen in dessen Einfahrt stehen sehen. Noch vor einer

Stunde. Und da mir niemand Bescheid gesagt hat, steht der Wagen sicher immer noch da."
„Sie lassen seine Wohnung beobachten", schlussfolgerte der Doktor.
„Natürlich. Sein Leben ist in Gefahr. Ich glaube, das habe ich schon gesagt ..." Er seufzte und kratzte sich am Kopf. „Was für ein Konzert haben Sie sich denn für heute Abend ausgesucht?" Er sah zur Seite auf das kleine barocke Tischchen, auf dem die Eintrittskarte lag. „Ah, Camille Saint-Saëns. Die dritte Sinfonie. Und davor noch Schubert und ein Violinkonzert von Mozart. Nichts Weihnachtliches diesmal?"
„Nein, das nicht", sagte der Doktor. „Aber die Sinfonie hat auch eine gewisse sakrale Feierlichkeit, wenn ich so sagen darf. Vor allem am Schluss." Er sah wieder auf die Uhr. „Jetzt muss ich aber wirklich los. Es bleibt mir gerade noch Zeit, nach einer bestimmten Information zu suchen."
„Eine Information, die uns weiterbringt, hoffe ich", sagte Reuter. „Falls es Ihnen zu knapp wird, könnte ich Sie im Polizeifahrzeug mit Blaulicht und Martinshorn zur Konzerthalle fahren. Dann sind wir schneller als jedes Taxi."
„Schauen wir, ob das nötig ist." Er nahm den Stapel der Konzertprogramme vom Sekretär und sah so schnell es ging, die Veranstaltungen der nächsten Tage durch. Der Hauptkommissar sah ihm schweigend zu. „So, alles klar", sagte der Doktor dann. „Sie haben recht. Es gibt keine Orgelkonzerte. Aber ich glaube, ich weiß, wo Feinsteg ist."

Wo glaubt Stradivari den Organisten zu finden?

23

Das Geheimnis von Zimmer 16

„Geben Sie mir die tausend Euro“, rief Trude Kalupke. „Sie haben gesagt, es gibt tausend Euro Belohnung. Ich habe was auszusagen. Also her mit dem Geld.“

Hauptkommissar Reuter schüttelte den Kopf. „Aber wir müssen doch erst mal überprüfen, ob uns Ihre Aussage überhaupt weiterbringt. Wenn es so ist, erhalten Sie die Belohnung.“

Frau Kalupke sah ihn misstrauisch an. „Und darauf kann ich mich verlassen?“

„Sie sind hier bei der Polizei“, rief Reuter. „Es wird ein korrektes Protokoll angefertigt. Misstrauen ist völlig fehl am Platze.“

In dem neuen Fall des Hauptkommissars ging es um den Diebstahl eines Musikinstruments, einer Viola da Gamba, auch kurz Gambe genannt. Gregorius Hahnreih, ein bekannter Virtuose, hatte am Tag zuvor bei einer Aufführung der „Weihnachtshistorie“ des Barockkomponisten Heinrich Schütz mitgewirkt. Abends hatte er noch einen Zug nach Zürich zu seinem nächsten Auftritt erwischen müssen. Am Bahnhof hatte er sich einen Automatenkaffee ziehen wollen, und da war es passiert. Plötzlich war der Koffer mit der Gambe darin verschwunden.

Natürlich hatte sich Hahnreih sogleich an die Polizei gewandt. Am Bahnhof gab es Videoüberwachung, aber die Bilder aus der Kamera waren zu undeutlich, als dass man darauf den Täter hätte erkennen können. Man sah nur, dass eine Gestalt nach dem Koffer griff, sich umwandte und weglief.

Hahnreih hatte seinen Zug nach Zürich fahren lassen, seinen Auftritt abgesagt und bei einem Freund übernachtet.

„Ich konnte natürlich kein Auge zutun", sagte er am nächsten Morgen auf dem Präsidium. „Ich muss dieses Instrument unbedingt zurückbekommen." Dann erklärte er, dass er tausend Euro Belohnung für sachdienliche Hinweise aussetzen wolle. „Das ist vergleichsweise wenig", sagte Hahnreih. „Aber ich habe mich verschulden müssen, um das Instrument kaufen zu können. Mehr kann ich mir nicht leisten."

Kaum war bekannt geworden, dass es eine Belohnung gab, meldeten sich immer mehr Zeugen. Ein Taxifahrer gab an, den Mann von den Bildern der Überwachungskamera erkannt zu haben. Er ähnelte einem gewissen Siggi Bernheim. Der war ein polizeibekannter Hehler. Reuter erhielt sogleich einen Durchsuchungsbeschluss für dessen Wohnung und sonstige Räume, die er gemietet hatte. Leider kam dabei keine gestohlene Ware zutage, schon gar nicht das vermisste Instrument. Allerdings zeigte sich, dass Bernheim ein Freund von Barockmusik war. Er besaß, ganz legal, eine ansehnliche CD-Sammlung. Doktor Stradivari, der Hauptkommissar Reuter begleitet hatte, sah darin gleich drei Aufnahmen von Schütz' „Weihnachtshistorie". Bei einer davon wirkte sogar Hahnreih mit.

„Wenn er die Gambe hat, hat er sie gut versteckt", sagte Reuter nach der Durchsuchung. „Wir brauchen mehr Hinweise."

Und dann kam Trude Kalupke mit ihrer Aussage. Die korpulente Mittfünfzigerin mit den vor Erregung geröteten Wangen arbeitete als Reinigungskraft im Hotel „Harmonie", einer Herberge unterer Preisklasse gleich hinter dem Bahnhof.

„Können Sie etwas zu Siggi Bernheim sagen?", fragte der Hauptkommissar.
„Siggi wer ...? Nein, der Name sagt mir nichts."
„Also gut, Frau Kalupke. Dann berichten Sie, was Sie zu berichten haben."
„Es war heute Morgen. Ich hab den Balkon von Zimmer 17 sauber gemacht. Nass, wegen dem Taubendreck, wissen Sie. Und wie ich da so wische, höre ich aus der 16 Musik. Ich wusste erst nicht, was das war. Ich hab mich über die Brüstung gebeugt und konnte was durch die Scheibe sehen." Sie stockte. „Nicht dass Sie denken, ich wäre neugierig."
„Berichten Sie weiter", bat der Hauptkommissar.
„Ich hab die Hände von dem Mann gesehen, der spielte. Auf dem Ding, das gestohlen wurde. Er hat es zwischen den Knien gehalten. Mein Sohn hat's mir im Internet gezeigt. Diese ..."
„Gambe", half Doktor Stradivari. „Was haben Sie gesehen? Bitte seien Sie so genau wie möglich."
Frau Kalupke runzelte die Stirn. „Die rechte Hand, die den Bogen hielt. Die Saiten. Vier Finger vorne auf dem Bogen. Der Handrücken. So hat er dagesessen und gespielt. Es klang schön."
Stradivari und Reuter gingen hinaus.
„Die Beobachtung könnte uns doch weiterbringen", sagte Reuter. „Eine Gambe wird zwischen den Kien gehalten wie ein Cello. Das haben Sie mir doch erklärt. Es passt zusammen. Bernheim war vielleicht doch die falsche Spur."
„Das würde ich nicht sagen", meinte der Doktor. „Es ist klar, welche Spur hier die bessere ist."

Welche Spur ist es und warum?

24

Die gestohlene Bach-Münze

Hauptkommissar Reuter stoppte den zivilen Polizeiwagen vor der städtischen Konzerthalle. Neben dem Eingang hing ein großes Plakat, das eine Aufführung von Bachs „Weihnachtsoratorium“ ankündigte, die in wenigen Tagen stattfinden sollte. Es spielte das städtische Sinfonieorchester zusammen mit einem ebenfalls in der Stadt ansässigen Konzertchor. Die Solisten waren Stars der internationalen Musikszene. Der Hauptkommissar deutete auf einen der Namen. „Olga Petrochinskaja, die Sopranistin“, sagte er zu Doktor Stradivari. „Wegen ihr sind wir hier.“
Der Konzertsaal war leer. Ein einsamer Flügel stand auf der Bühne. Davor saß ein Mann, der kopfschüttelnd auf die Tastatur starrte. Aus weiter Ferne war Gezeter zu hören. Eine Frau schimpfte lautstark in einer fremden Sprache, die russisch klang. Offenbar befand sie sich hinter der Bühne.
Reuter und der Doktor waren noch weit vom Podium entfernt. „Worum geht es denn überhaupt?“, fragte Doktor Stradivari und hielt Reuter zurück.
„Um einen Diebstahl. Heribert Haase, der Dirigent, hat mit Frau Petrochinskaja für die Aufführung geprobt. Er ist der Mann, der da am Flügel sitzt.“
„Ich kenne ihn. Und ich wundere mich, dass Frau Petrochinskaja überhaupt bei der Aufführung mitsingt. In der Zeitung stand, dass es Diskussionen darüber gab. Haase

hätte lieber eine andere Sopranistin besetzt, die früher bei ihm studiert hat. Aber der Veranstalter wollte das nicht."
„Darüber weiß ich nichts. Jedenfalls singt Frau Petrochinskaja, und sie proben. Aber nun beschuldigt Herr Haase sie, eine wertvolle Münze gestohlen zu haben – und das während der Probe."
Der Mann auf dem Podium war auf die beiden Männer, die sich in dem Konzertsaal unterhielten, aufmerksam geworden und stand auf. Das Gezeter im Hintergrund verflüchtigte sich.
„Kommen Sie, wir müssen die Sache klären", sagte Reuter.
Haase begrüßte sie freundlich und seufzte. „Bin ich froh, dass Sie da sind", sagte er. „Es ist leider unmöglich, mit dieser Frau zusammenzuarbeiten. Erst kann sie ihre Arie nicht, und dann stiehlt sie mir auch noch meine wertvolle Bach-Gedenkmünze. Es ist ein 10-DM-Stück aus Silber, das zum Bachjahr 2000 geprägt wurde. Die Münze ist mein Glücksbringer."
„Und Frau Petrochinskaja hat sie Ihnen gestohlen?", fragte der Doktor nach.
Haase nickte. „Sie wird es natürlich bestreiten. Aber sie und ich waren allein im Gebäude. Bis vorhin war auch der Haupteingang verschlossen. Ich habe ihn eigens für Sie aufgeschlossen, nachdem ich Sie angerufen hatte. Nun ja, wir probten also die Arie. Es ist die Nummer 57 aus dem sechsten Teil des ‚Weihnachtsoratoriums'. Die Arie ‚Nur ein Wink'. Während des langen Vorspiels ist Frau Petrochinskaja kurz hinausgegangen. Sie murmelte, sie wolle sich ein Taschentuch holen. Ich spielte weiter den Orchesterpart hier auf dem Flügel. Zu ihrem Einsatz war sie wieder zurück. Wir haben dann an der Arie gearbeitet, die sie leider überhaupt nicht beherrscht. Ich habe vor-

geschlagen, eine Pause zu machen. Da habe ich in der Garderobe gesehen, dass die Münze verschwunden ist. Dabei war sie vorher noch da. Natürlich habe ich unsere sogenannte Starsopranistin zur Rede gestellt. Sie ist sofort ausgerastet. Mir blieb nichts anderes übrig, als Sie anzurufen."

Doktor Stradivari nickte und sah auf den Notenhalter, auf dem die Partitur des Werkes lag. „Sie führen alle sechs Teile auf", sagte er. „Das wird recht selten gemacht. Ein großes Projekt."

„Wir müssen auch mit der Dame sprechen", sagte Reuter.

„Sicher finden Sie sie in der Garderobe, wo auch meine Sachen liegen", erklärte Haase.

Der Dirigent setzte sich wieder an den Flügel, während die beiden Männer sich auf den Weg machten. Eine lange Treppe führte ins Kellergeschoss. Dann mussten sie einen ebenfalls sehr langen Flur entlang. Nach und nach wurde das Geschimpfe der Sopranistin wieder hörbar. Als sie in die Garderobe sahen, stand sie da und telefonierte. Offenbar mit ihrem Agenten. Sie warf den beiden Männern, die auf dem Gang stehen blieben, böse Blicke zu.

„Hoffentlich kratzt sie uns nicht die Augen aus", sagte Reuter leise.

„Das glaube ich nicht", sagte der Doktor. „Sie ist ja entlastet. Es hat sich klar gezeigt, dass sie die Münze nicht gestohlen haben kann. Haase will einfach nicht mit ihr zusammenarbeiten. Die Sache mit der Münze ist ein verzweifelter Versuch, sie loszuwerden."

Woher weiß Doktor Stradivari das?

Lösungen

1 Die „Weihnachtsliedstelle“ ist das Zitat der Klarinette, das auf Seite 5 der Partitur auftaucht. Da der Schuss den Maestro deutlich früher traf, war ein Mörder am Werk, der nichts von Musik verstand. Daher ist Rolf Peters eher verdächtig als Siegfried Rheintaler.

2 Tatsächlich hätte die finanziell knappe Tubaspielerin ein Motiv für den Einbruchsdiebstahl gehabt. Doch der Kaiserbass, der auf der Liste der gestohlenen Gegenstände steht, war nicht Teil der Beute, denn er hätte nicht durch das Loch im Keller gepasst. Daher sieht der Fall eher wie ein Versicherungsbetrug aus.

3 Wenn Stein Blankmanns Mörder gewesen wäre, hätte er niemals den verschlossenen Umschlag auf dem Schreibtisch unbeachtet gelassen – weist die Aufschrift doch darauf hin, dass sich darin der verschollene zweite Satz des unvollendeten Hornkonzerts befindet, mit dem sich Stein befasst hat. So wird Blankmann sein Ende eher aufgrund eines Eifersuchtsdramas gefunden zu haben.

4 Der alte Mann, der Doktor Stradivari in Weimar empfängt, ist nicht Professor Siebenzahn. Dieser hätte gewusst, dass Richard Wagner zur Zeit der Uraufführung des „Lohengrin“ von der Polizei verfolgt wurde. 1850 war er in der Schweiz, eine Reise nach Weimar war ihm verwehrt. Er erlebte die Premiere nicht mit.

5 Das berühmte Adagio, das man mit dem Komponistennamen Tomaso Albinoni verbindet, ist eine Komposition

des 20. Jahrhunderts, die der Musikwissenschaftler Remo Giazotto auf der Grundlage weniger fragmentarischer Takte selbst geschaffen hat. Das hätte ein echter Kenner natürlich gewusst.

6 Frau Felderbusch hätte als strenge Musiklehrerin nur korrekte Noten in Plätzchenform hergestellt. So wäre keine halbe Note mit Fähnchen dabei gewesen, denn diese gibt es gar nicht. Doktor Stradivari vermutet also mindestens eine Fälschung des originalen Felderbusch-Backwerks.

7 Der Name Fauré ist nicht nur auf Konzertprogrammen zu finden. Unter der Nummer 8685 verbirgt sich keine Bibliotheks-Signatur , sondern ein 1992 vom Belgier Eric Walter Elst entdeckter Asteroid. Elst ließ diesen aus Verehrung für den Komponisten auf den Namen „Gabriel Fauré" taufen.

8 Der legendäre letzte Kastrat Alessandro Moreschi hat tatsächlich 1902 und 1904 seine Stimme auf Schallplatte verewigt. Allerdings nicht mit Musik aus Puccinis Oper „Il Tabarro", die erst 1918 uraufgeführt wurde. In Wirklichkeit hat Moreschi das „Ave Maria" von Bach/Gounod eingesungen, was Doktor Stradivari bei dem Gedanken an den 8. Dezember durch den Kopf geht. Das Foto ist also eine Fälschung.

9 Das Chalumeau, die Vorform der Klarinette, kommt tatsächlich bei Vivaldi vor, nicht aber in der Musik von Bach. Stradivari geht davon aus, dass Simon Traunstein seinen Bruder ermordet hat und in die Rolle des Professors geschlüpft ist – eine Rolle, der er freilich nicht gewachsen war.

10 Wäre Katenburg bei dem Konzert anwesend gewesen, hätte er gewusst, dass es sich bei den Werken, die er aufzählt, um Kompositionen für zwei Klaviere handelt. Er hat jedoch klipp und klar von einem einzigen Pianisten gesprochen.

11 Strahl gilt als guter Bach-Evangelist und ist somit ein Tenor. Von den beiden verdächtigen Kollegen kann nur Gregory Fine diesen Part übernehmen, denn nur er ist mit den genannten Partien ebenfalls in dieser Stimmlage zu Hause. Sein Kollege Sergej Smirnow hätte als Darsteller des Osmin nur die Bass-Partie übernehmen können.

12 Wie der Hauptkommissar ausführt, hat die Überwachungskamera Dahl als Spiegelbild eingefangen. Damit muss man auch die Noten, mit denen das Entführungsopfer seinen Hinweis gibt, in anderer Reihenfolge lesen. So ergibt sich statt D-A die Folge A-D: die Initialen von Dahls Frau Amanda.

13 Dr. Strohschläger mag kriminell sein, er wird aber wissen, dass der Brief nicht echt sein kann. Der Schumann-Sohn Felix verbrachte zwar einige Zeit in Italien, starb aber in Frankfurt am Main, was auch das Foto seines Grabes nahelegt. Es befindet sich auf dem dortigen Hauptfriedhof. Edwin Kedowsky dagegen wird sich also eher zu dem Diebstahl entschlossen haben.

14 Bachs berühmtes Denkmal steht an der Südseite der Thomaskirche. Auch der Komponist selbst schaut nach Süden. Dass sein Schatten nach links fällt, zeigt, dass die Sonne bei der Aufnahme des Bildes im Osten stand. Somit kann die Uhrzeit nicht stimmen - was wiederum darauf hindeutet, dass auch das Datum manipuliert wurde.

Kevin Schmitz, angeblicher Fan des klassischen Gesangs, hat ausgerechnet bei Schuberts „Ave Maria“, dessen Inter- 15
pretation er so preist, gezeigt, wie wenig er darüber weiß. Der erwähnte Interpret Leslie Howard ist Pianist. Somit dürfte es sich bei der CD aus der Beute um die Klavierbearbeitung des Stückes handeln, die Franz Liszt komponierte. Im Übrigen ist Schuberts „Ave Maria“ gar kein Kirchenwerk. Der Text des Liedes ist nicht der des Gebetes, sondern entstammt der historischen Verserzählung „Das Fräulein vom See“ von Walter Scott.

Robert Schumann war eng mit Johannes Brahms befreun-
det, der später das von Schumann angeblich von Geistern 16
empfangene Thema für ein eigenes Werk auswählte: die Varationen op. 23 für Klavier zu vier Händen. Und dieses lief im Radio. Die Zeugin hörte wohl den Beginn, also das mit Schumanns Werk gleiche Thema.

Erwin von Goldbach ist ein sehr penibler Beethovenfor-
scher. Als solcher hätte er sich daran gestört, dass Stradi- 17
vari den 17.12. als Beethovens Geburtstag bezeichnet. Der Geburtstag des Komponisten ist nämlich unbekannt. Man weiß nur, dass er am 17. Dezember getauft wurde.

Pergolesis 12-teiliges Werk besteht aus einer Folge von
Duetten für Sopran und Alt. Bei dem, was auf dem Bild- 18
schirm zu sehen ist, handelt es sich nicht um einen der ersten Sätze, sondern, wie man auch dem Gesangstext entnehmen kann, um die Nummer 6. Das ist die zweite Sopranarie und außer den Eckteilen der einzige Satz, der in f-Moll schließt. Anton Waldmann kannte also den genauen Tathergang nicht.

19 Sollte Theo Süßmayr überhaupt eine Entdeckung in Wien gemacht haben, hat sie nichts mit Mozarts Totenmesse zu tun, denn in der Liturgie des Requiems kommt das „Gloria“ gar nicht vor. Es liegt nahe, dass Süßmayrs Ehefrau die Notiz gefälscht und – um das verbliebene Geld des Ehepaars zu retten, den Mord selbst begangen oder in Auftrag gegeben hat.

20 Damit eine Orgel gespielt werden kann, muss Luft in die Pfeifen gepumpt werden, was heute mit elektrischer Energie geschieht. Vor Jahrhunderten gab es dafür Helfer (Kalkanten), die diese Aufgabe durch körperlichen Einsatz, meist durch das Treten von Bälgen, übernahmen. Brenner kann beim Orgelspiel also nicht alleine gewesen sein.

21 Wer sich wie Stradivari mit Verdi auskennt, weiß, dass der Komponist sein aus Zeitvertreib komponiertes Quartett nur für eine private Uraufführung am 1.4.1873 freigab und erst Jahre später weitere Aufführungen erlaubte.

22 Die dritte Sinfonie von Camille Saint-Saëns ist eines der seltenen sinfonischen Werke, in dem eine Orgel besetzt ist. Doktor Stradivari hofft, dass Feinsteg genau diesen Part übernimmt. Wenn das stimmt, wird er kurz darauf in der Konzerthalle anzutreffen sein.

23 Eine Gambe wird mit sogenanntem Untergriff gespielt. Dabei hält man den Bogen so, dass das Handgelenk nach vorne zeigt. Was Frau Kalupke gesehen haben will, war die Bogenhaltung im Obergriff, bei der der Handrücken nach vorne gedreht ist und vier Finger auf der Bogenstange ruhen. Dieser wird nicht bei der Gambe, sondern beim Cello angewandt. Die Reinigungskraft hat also einen Cellisten beobachtet, was ihre Aussage wertlos macht.

Doktor Stradivari kennt natürlich Bachs „Weihnachtsoratorium“. Und so weiß er auch, dass das Orchestervorspiel der genannten Arie nur etwa eine halbe Minute dauert – zu wenig Zeit für die angebliche Diebin, um zur Garderobe und zurückzukommen.

Oliver Buslau

geboren 1962 und im Rheinland zu Hause, ist studierter Musikwissenschaftler und schreibt seit etwa zwanzig Jahren neben musikalischen Fachbeiträgen und Büchern Kriminalromane und Krimikurzgeschichten. Die Fälle des Doktor Stradivari begeistern seit Jahren die Leserinnen und Leser der Klassik-Zeitschrift „Rondo“. Im St. Benno Verlag erschienen bisher „Dr. Stradivari ermittelt. 24 musikalische Rätselkrimis“ und „Die 5. Passion. Krimi“.
Weitere Informationen zum Autor und seinen Werken finden Sie unter www.oliverbuslau.de.